二見文庫

人妻食堂 おかわりどうぞ

橘 真児

目次

人妻食堂　おかわりどうぞ

第一章　人妻のいる食堂

1

（腹へったなあ……）

最寄り駅から自宅アパートへ向かう帰路、戸渡充義《とわたりみつよし》は胸の内でつぶやいた。

残業をしたため、時刻は八時を過ぎている。身も心も疲れ切っていたのは、仕事量のわりに給料が少ないためもあった。

「働けど働けど、か」

今度は声に出してつぶやき、自嘲気味に笑う。誰かに見られたら怪しまれることに気がついて、焦って周囲を見渡したものの、夜の街に人影はなかった。

おかげで、もの寂しさが募る。

帰ったら作りたての夕食が用意され、風呂の準備もできているのなら、足取りがもっと軽かったはず。しかし、充義は三十六歳にして独り身だ。彼を待っているのは安アパートの、殺風景な部屋のみである。

誰もいない路地にも、孤独が募る。自分はこのままずっと独りなのかと、絶望にも似た哀しみに囚《とら》われた。

などと、マイナス思考に陥るのは、疲れのせいもあるのだろう。

ここは二十三区の外れにある住宅街だ。下町ほど雑多な雰囲気ではなく、山の手のようなすました上品さとも縁がなかった。

昔からの住民と、新しく転入したひとびとが混在し、出自も職業も様々。持てる者も持たざる者もおり、聞いた話によれば、貧富の差は街から受ける印象以上に大きいらしい。

あいにくと充義は、持たざる者である。故郷の大学を卒業後に上京し、花の都でひと旗揚げるつもりであったが、現実は甘くなかった。

東京暮らしはそこそこ長くても、未だに安月給に甘んじ、自身の生活を維持するので精一杯だ。故郷に錦を飾るなんて、夢のまた夢である。

そんな現実にも落ち込みそうになり、足取りが重くなる。自炊をする気力もなく、コンビニで弁当でも買って帰ろうと考えたところで、ふと思い出した。

(そう言えば、新しいコンビニが近くにできたんだよな)

何日か前、ポスティングのチラシで見たのである。弁当や飲み物の割引販売があったはずだ。

だったらそっちへ行ってみようと、記憶を頼りに普段の帰宅路とは違う方向に足を進める。

遠回りになっても、食料が安く買えるのなら御の字だ。いつも通っているコンビニの弁当は食べ飽きたし、ブランドが異なればメニューは一緒でも、味は違うのではないか。

ちょっとした楽しみに胸をはずませ、気持ちがいくらか上向く。ところが、お目当ての店はなかなか見つからなかった。

(あれ、こっちじゃなかったのかな?)

チラシの簡単な地図で、ああ、ここかと見当をつけただけだったのだ。今は地図の現物もない。頼みの綱の記憶があやふやで、まったく違う場所という可能性もあった。

何をやってもうまくいかないなと、またも気分が下降線を辿る。諦めて引き返し、いつものコンビニに行こうと考え直したところで、

(あれ、何だろう?)

比較的広い通りに面したところに、明かりの灯った店らしきものを見つける。近づいてみると、どうやら食堂のようだ。

(「まぁまぁ屋」……変わった名前だな)

外観は、ごくありふれた町の食堂という佇まいである。街並みに溶け込んで、いかにも昔からある感じながら、看板や戸口はわりあい新しかった。改装して間もないのではないか。

サッシ戸のガラス越しに覗いてみれば、中も小綺麗である。お客の姿は見えないものの、まだ開いているようだ。

レンジで温めたコンビニ弁当よりは、作りたてのものを食べたい。二秒で決断し、充義はサッシ戸をカラカラと開けた。

「いらっしゃいませー」

明るい声で迎えられ、ドキッとする。カウンターから身を乗り出して笑顔を見せたのは、同い年ぐらいと思しき女性であった。

「おひとり様ですか？」

「あ、ああ、はい」

「ああ、よかった。では、こちらへどうぞ」

勧められるまま、充義はカウンター席に坐った。

（……え、よかったって？）

と、彼女が口にした言葉に首をかしげながら。

女性はカウンターから出ると、サッシ戸に掛けられていた営業中の札をひっくり返し、外の明かりを消した。どうやらこれで店じまいらしい。

ということは、最後の一食にありつけるのか。よかったとは、本日用意したぶんが無駄にならずに済んだという意味なのだろう。

（なら、おれもラッキーだったな）

幸運の女神は、自分を見捨てていなかったらしい。

女性はトレーナーにジーンズ、胸当て付きのチェックのエプロンに、同じ柄の三角巾をかぶっていた。食堂の店員というよりも、雰囲気としては近所の炊き出しか、料理教室に参加した主婦のよう。

人好きのする笑顔も、職業的な作り笑いではなく、親しい相手に向けたものに感じられる。充義は姉か母親みたいな、身内と接している気分がした。

もっとも、身内には到底抱かない感情も抱いたのであるが。

（いいおしりだな……）

硬いデニム地がはち切れそうな、たわわなヒップに視線を奪われていると、彼女が振り返った。

「日替わりでいいですよね？」

「え？」

「ていうか、それしかないんですけど」

言われて店内を見回せば、メニューらしきものはどこにも置いてない。カウンターの上に小さなホワイトボードが下がっており、そこに「本日のメニュー」と料理名が書かれてあった。

（てことは、料理は一種類しかないのか？）

日替わりということは、それが毎日変わるらしい。

どうやら従業員はひとりだけのようだ。そのため、いくつものメニューを出すのは無理なのだろう。

狭い店内でも、テーブル席は四つある。カウンターも埋まったら、ひとりではてんてこ舞いに違いない。出すものが一種類だけだから、どうにかやっていけるのではないか。

「お飲み物はよろしいですか?」

「え?」

「ビールとソーダしかないんですけど」

「ええと、けっこうです」

「わかりました。それじゃ、すぐに作りますね」

女性はカウンター内の厨房に入ると、さっそく料理に取りかかった。

ホワイトボードのメニューには、肉じゃがコロッケと小鉢、それからご飯と味噌汁という定食メニューが書かれてあった。作るひともそうだが、いかにも家庭料理というふうだ。

(普通の食堂じゃないっぽいな……)

とは言え、べつに怪しいわけではない。特定の団体や、宗教っぽいものを示す張り紙は見当たらなかった。

何より、店員(店長?)の女性が、おしりも含めていいひとそうだ。

ジュー、パチパチパチ……。

油の跳ねる音に続いて、空腹を刺激する匂いが漂ってくる。コロッケを揚げているようだ。

(肉じゃがコロッケって、普通のコロッケとどう違うのかな?)

ふと疑問に思う。コロッケの中身は、だいたいジャガイモと挽肉であるが、肉じゃがだってジャガイモと肉だ。材料はほぼ一緒である。

そんなことを考えながら店内を眺め、充義は(待てよ)と首をかしげた。

(どこにも値段が書かれてないぞ)

ホワイトボードにはメニューが載っているだけで、それがいくらなのか書かれていない。普通の定食なら高くても千円ぐらいであろうが、まさかそれ以上の額をぼられるなんてことは——。

考えかけて、充義はまさかと一笑に付した。繁華街ならいざ知らず、こんな住宅街の小さな食堂で、そんなあこぎな真似をするはずがない。たちまち悪評が広まって、潰れてしまうはずだ。

カラーボックスに雑然と並んだ雑誌やコミックが、ほとんど子供向けなのは、家族での利用が多いからだろう。だったら尚さら心配あるまい。

(でも、高いなら高いで、べつにかまわないか)

払えないから店の手伝いをしますと申し出たらどうだろう。こんな素敵な女性になら、こき使われてもかまわない。

いや、むしろそうされたい。何なら、尻に敷かれてもいい。

などと、比喩ではなく本当に顔面騎乗をされたいと、淫らな願望を抱いてしまったのは、彼女の豊満なヒップに惹かれた証しであった。

(本当に、いいおしりだったよな……)

彼女が戸口に向かったときの後ろ姿は、記憶にしっかり焼きついている。かたちの良い丸みは、何もしなくても男を誘っているかのよう。エプロンをしていたから、臀部の張り出し具合がいっそう強調されていたのだ。

職場にも女子社員はいるけれど、みんなスカートだし、ボトムラインは目立たない。そもそも、あれだけのボリュームの持ち主はいない気がする。

考えてみれば、着衣のおしりに目を奪われたのなんて初めてではないか。彼女が魅力的であるのに加え、女性に縁のない生活があまりに長すぎて、欲求不満をこじらせたのかもしれない。

充義は生まれてこの方、女性と親しいお付き合いをしたことがなかった。三十六歳にもなって、さすがに女を知らないわけではないものの、相手は風俗嬢に限られていた。

社交性に欠けるとか、女性が苦手というわけではない。ただ、何も取り柄がないから自信が持てず、いざという場面では勇気が出せなかったのだ。

よって、好きな子に告白したことは一度もない。他の男のモノになるのを、指を咥えて見ているのが常だった。

充義が東京に出てきたのは、少しでも垢抜けて男に磨きをかけ、異性との甘いお付き合いをしたかったためもある。田舎に引っ込んでいたら自分を変えるなんて無理だと、一念発起したのだ。

しかし、上京しても日々仕事に追われるのみ。おまけに給料も安いから、余暇を楽しむゆとりなどない。

女の子と仲良くなる機会はもちろん、いいなと思う子が身近にいても、声をかけることもできなかった。異性に消極的な性格はそのままだったのだ。

かくして一念発起どころか、欲望を持て余して年中勃起する始末。溜まったものは自身の右手か、ごくたまの風俗で発散するしかなかった。童貞も、二十五歳のとき風俗嬢に捧げた。

そんな侘しい日々を送っているものだから、日常のちょっとしたエロスにも発情するようになったのか。

（――て、それじゃケダモノじゃないか）

自分が悪いのではない。魅力的すぎる彼女がいけないのだ。と、今夜が初対面の女性に責任を転嫁する。そのため、

「お待たせいたしました」

当人からいきなり声をかけられ、充義は「うわっ」と声をあげて仰天した。

「あら、びっくりさせちゃいました？」

女性は特に怪しんだ様子もなく、ニコニコと楽しげな笑顔を見せている。

「あ、ああ、いえ」

うろたえ気味に誤魔化した充義の前に、定食の載ったお盆が置かれた。

「さあどうぞ」

「あ、どうも」

必要以上にペコペコしながら、お盆に載った箸を手に取る。割り箸ではなく、ごく普通の洗って使うものなのは、エコを意識しているのか。

そんなお店でエロを意識してしまったことを反省しつつ、充義は定食の品々に目を奪われた。

（ああ、美味しそうだ）

空っぽのお腹が、浅ましくぐうと鳴る。

おかずの皿には、俵型のコロッケがふたつ。きつね色に揚がっており、見た目はごく普通だ。

そこに添えられた千切りキャベツは、赤や黄色も混じってカラフルだった。おそらくニンジンとパプリカだろう。

小鉢には油揚げと青菜のおひたし。味噌汁の具は豆腐とワカメだ。ご飯にポツポツと黒いものが見えるから、麦も入っているようである。

栄養のバランスがしっかりした食事は、まさに家庭料理の趣。ではさっそくと、目の前にあったソースに手をのばしかけたとき、

「コロッケは味がついていますから、そのままでどうぞ」

いつの間にか隣の椅子に坐っていた女性が、さらりと告げる。

「あ、そうなんですか」

「肉じゃがコロッケですので。ただ、味が足りないようでしたら、ソースよりはお醤油のほうがいいと思います。あ、お野菜のほうは、お好みで何でもどうぞ。そこにドレッシングもありますので」

「わかりました。ありがとうございます」

充義は礼を述べると、コロッケのひとつを箸で割った。

（なるほど、肉じゃがだ）

入っていた肉は挽肉ではなく、小さめの細切れだ。荒く潰したジャガイモにも、味をつけた証の色がついている。

揚げたてで湯気を立ちのぼらせるそれを、充義は口に入れた。はふはふと息をはずませながら咀嚼《そしゃく》する。

（ああ、旨い）

口にじんわりと広がるのは、甘塩っぱい醬油の味。砂糖と酒を加えたぐらいの、ごくシンプルな味つけだとわかった。

なぜなら、故郷の母親が作ってくれた肉じゃがと同じだったからだ。しかも、衣をつけて揚げたことで、いっそう風味が増している。

「すごく美味しいです」

溢れる感動を素直に伝えると、女性は照れくさそうにほほ笑みながら、頭の三角巾をはずした。

「ありがとうございます。待っていた甲斐がありましたわ」

この言葉に、充義はきょとんとなった。

「え、待つ?」

「いつもなら、もう店じまいの時間なんですけど、今日のコロッケは会心の出来だったので、ひとつも残したくなくて店を開けていたんです」

どうやら本当に、最後の一食にありつけたらしい。

毎日真面目に頑張っていれば、こうしていいことがあるようだ。ほんの些細な幸福ではあるけれど。

ただ、食堂にしては店じまいの時間が早い気がする。

「じゃあ、こちらのお店は、奥さ——お姉さんがおひとりでやってらっしゃるんですか?」

奥さんと言いかけて呼び方を変えたのは、独身だったら失礼だと思ったからである。チラッと見たところ、左手の薬指に結婚指輪が嵌まっていなかった。

「まあ、お姉さんだなんて」

心底驚いたという反応をされ、充義は焦った。初めて入った店で、馴れ馴れしすぎたのであろうか。

「す、すみません」

謝ると、彼女は「ああ、いいんですよ」と首を横に振った。

「お姉さんなんて呼ばれることなんてないから、ちょっとびっくりしただけなんです」

そう言ってから、ふと首をかしげる。

「ところで、お客様はおいくつですか？」

「年ですか？　三十六です」

「じゃあ、わたしのほうが本当にお姉さんなんですね。二つ上ですもの」

なるほどという顔をした女性は、三十八歳なのか。若々しいから、同い年か年下に見えたのに。だからこそ、お姉さんという呼びかけが相応しいと思えたのだ。

すると、彼女がさっきの質問に答える。

「ここは、わたしひとりのお店じゃないんです。会のメンバーみんなで、協力してやってるんですよ」

「え、メンバー？」

「ああ、ええと」

彼女はカウンターにあったカードケースから、名刺を一枚取り出して寄越した。

そこには団体名と代表者の氏名、電話番号が記載してあった。

「たらちねの会？」

「ええ。地元の女性たちの集まりなんです。家庭の主婦が中心なので、家事や子育ての悩みを相談しあったりとか。あと、もともと福祉協議会の活動をとおして知り合ったので、ボランティア活動もしているんですよ。この食堂も、それで始めたんです」

「ボランティアで食堂を？」

「ここ、子供食堂も兼ねてるんです」

子供食堂というのは、充義もネットニュースで見たことがあった。親が忙しくて食事の用意をしてもらえなかったり、貧しくて満足な栄養を摂《と》れない子供たちのために、安く食事を提供するところだ。

「ご存知かもしれませんけど、この地域は収入の格差がわりと大きいんです。だけど、それって子供たちには何の責任もないことじゃないですか。子供を育てるのも地域の大切な役割ですし、わたしたちにできることがあるのならやってみようって、みんなで始めたんです」

「そうだったんですか」

置いてある雑誌やコミックが子供向けなのは、そういう理由からだったのだ。

「ですから、子供たちには一食百円で提供しているんです」

「そんなに安いんですか？」

学校給食だって、もっと高いのではないか。

「ただ、それだと赤字になって続けられませんから、大人のお客様は五百円以上いただいてます」

「え、以上って？」

「趣旨に賛同して、子供たちのために寄付をしてくださるのであれば、いくらでもかまいません」

所謂ドネーション制というやつか。ライブやイベントなどでも、お客が自身の満足度に応じて料金を支払うものがあるが、それを食堂でやっているわけである。いちおう最低ラインのみを設定して。

（いや、五百円だと安くないか？）

それで本当にやっていけるのかと、心配になる。何しろ、こんなに美味しくて、栄養もしっかり考えられているのだ。千円でも安いぐらいだ。

「子供以外のお客さんは多いんですか？」

「子供よりも大人のほうが多いですね。みんなご近所の方で、高齢の方がよく利用されますよ。あとは家族連れか、お客様のようにお勤め帰りの方も、たまにいらっしゃいます」

だからビールも置いてあるのかと納得する。子供から老人にまで好まれるものとなると、やはり家庭料理に尽きるだろう。それだと作れる量も限られるし、遅い時間まで営業もできまい。

「あ、ひょっとして、この名刺に書かれている会の代表者というのは」

「はい、わたしです」

女性がにっこりと白い歯をこぼす。名刺には、鉢嶺《はちみね》夕紀恵《ゆきえ》という名前が印字してあった。

(夕紀恵さんか……)

家庭の主婦が中心の会とのことだから、彼女も結婚しているのだろう。指輪をしていないのは、衛生面を考慮してなのかもしれない。あの色気たっぷりのヒップラインも、人妻ゆえだと思えば納得できる。

「さ、冷めないうちに召しあがってください」

「ああ、はい」

充義は再び料理に箸をつけた。けれど、あれこれ気になったものだから、食べながら夕紀恵に質問した。

彼女の説明によると、この食堂は元の経営者が高齢で店じまいしたものを、好きに使っていいからと許可を得て、改装したとのことだった。会のメンバーは十名以上いるが、仕事を持っている者もいて、この食堂に協力できるのは半数ぐらいであることもわかった。

「改装したとなると、費用もかかったんじゃないですか？」

「そうですね。だけど、区や福祉団体からの補助があったので、わたしたちの負担は多くなかったんです」

「あ、そうなんですか」

「ここは平日営業で、水曜日はお休みなんです。ですから、基本は週に四日ですね。メニューは毎日変わるんです」

「じゃあ、それを考えるのは鉢嶺さんなんですか？」

「いいえ。持ち回りでやってますから、その日の担当者に任せてます」

そのやり方だと、メニューを考えて調理する者の個性が出そうである。それなら毎日通っても飽きがこないのではないか。

「担当のひとが、その日はひとりですべて行なうんですか？」

「いいえ。お客が多い時間帯は大変なので、給仕役のお手伝いがつきます。今日も七時半ぐらいまで、もうひとりいたんですよ。そのぐらいなら、仕事をしている方にも手伝っていただけますから」

そんな会話をするあいだに、充義は定食をすべて食べてしまった。

「ごちそうさまでした。美味しかったです」

「お粗末様でした。あ、お茶を入れますね」

ポットのお茶を、夕紀恵がプラスチックの湯飲みに注いでくれる。どちらも年季が入ったもののようだから、前の店から引き続き使われているのではないか。

(何でもかんでも新しくしたら、費用も馬鹿にならないだろうしな)

それこそ家庭の主婦らしく、上手にやりくりをしているのだろう。

「『まぁまぁ屋』というお店の名前も、皆さんでつけられたんですか?」

熱いほうじ茶をすすりながら訊ねると、彼女が「ええ」とうなずいた。

「わたしたちは料理に関しては素人ですから、味はまあまあという意味なんです」

「まあまあどころか、とっても美味しかったです」

「ありがとうございます」

頭を下げた夕紀恵は、心からの笑顔を見せてくれた。会心の出来だと言ったから、称賛されて嬉しいのだ。

「それから、母の味の食堂ということで、『ママ』とも掛けてるんですよ」

だから「あ」を小さく書いているのか。

「なるほど。それじゃあ、鉢嶺さんもお母さんなんですか?」

「ええ、子供がふたりいます」

「今日みたいに食堂で働く日は、お子さんたちの食事はどうするんですか?」

「事前に作って、温めるだけにしてあります。上の女の子は高校一年ですから、そのぐらいは簡単にできますし、たまに料理を任せることもあるんですよ。ウチの主人なんかは、娘が作ったご飯のほうがお気に入りみたいです」

男親は娘を溺愛するそうだが、彼女の家もご多分に漏れないらしい。

それにしても、夕紀恵にそんな大きな子供がいるとは予想外であった。上が高校一年なら、二十二歳ぐらいで第一子を生んだことになる。

(若いときから、子育てや家事を頑張ってきたんだな)

その割に所帯じみた印象が皆無なのは、子供食堂のような外での活動も積極的にやってきたからではないのか。もちろん、子供に手がかからないようになったあとなのであろうが。

「下の男の子は中二ですけど、お姉ちゃんにも鍛えられて、カレーやチャーハンぐらいなら作れるようになってます。だから、心配は要りません」

自分が中高生のときなど、ご飯は母親が作ってくれるのを、エサをねだるツバメの幼鳥みたいに急かすだけだった。そんなことを思い出して、充義は何だか恥ずかしくなった。

2

気がつけば、ずいぶん長居をしてしまった。時刻はすでに九時近い。

夕紀恵ともっと話したい気がしたものの、彼女にも家庭がある。早く帰らねばならないだろう。

後ろ髪引かれるのを感じつつ、ではこれでと腰を上げようとしたとき、

「ところで、お客様はだいじょうぶなんですか?」

夕紀恵の唐突な問いかけに、充義は「え、何がですか?」と訊き返した。

「お店に入ってきたとき、やけに疲れた顔をされてましたから。今はだいぶマシ

になりましたけど」

「そ、そうですか？」

倦怠感にまみれていたのは事実ながら、他人の目にもわかるほど疲れた顔をしていたなんて。

「もしもお悩みがあるんでしたら、わたしでよければ相談にのりますけど」

優しい言葉に、目頭が熱くなる。こんなふうに心配してもらえたことが、これまでになかったからだ。

さりとて、今日が初対面の女性に、弱みを見せるのは抵抗があった。情けない男だと、あきれるに違いない。

「まあ、悩みなんてほどのことじゃないんですけど」

適当な話でお茶を濁そうとしたはずが、気がつけば日々のつらさをポツポツと語っていた。残業が多いのに給料は安いこと、恋人もおらず、プライベートも寂しいことなどを。彼女の慈しむような眼差しに促され、話さずにいられなかったのだ。

「そうだったんですか……男のひとって、やっぱり大変なのね」

同情の面持ちでうなずかれ、充義はまた泣きそうになった。

「いえ、おれに仕事を早く終わらせる力がないんです」

「そんなことないわ。お客さんだって——」

そこまで言って何かを思い出したふうに、夕紀恵が首をかしげる。

「お客さん、お名前は？」

「えと、戸渡充義です」

「戸わた——充義さんが悩むのは、努力してる証しなのよ。努力をしない人間は、そもそも結果も気にしないし、悩むことなんてないんだもの。つまり、充義さんは誰よりも誠実で、頑張っているってことなの」

苗字ではなく、下の名前で呼んだのは、親しみの表れであったろう。気がつけば、言葉遣いも他人行儀で丁寧なものから、ごく近しい間柄のくだけたものに変わっていた。

もともと客と店員という意識が希薄だったし、彼女のほうが年上なのである。近所のお姉さんに話を聞いてもらったようなもので、ため口もまったく気にならない。むしろ親愛の情を示されたことで、言葉が身に染みるようだった。

「わたし、こう見えてひとを見る目があるの。充義さんがいいひとだっていうのは、お店に入ってきてすぐにわかったわ。そういうひとに食べてもらえて、わたしも作った甲斐があったって喜んでいたのよ」

そこまで褒められると、さすがに気恥ずかしくなる。しかし、人妻の表情は真剣そのもので、単なるお世辞でも、取り繕った言葉で慰めようとしているのでもないとわかった。

「ありがとうございます……とても励みになります」

充義が深く頭を下げたのは、泣きそうになっている顔を見られたくなかったからだ。巡り合わせではあったが、この店に来てよかったと心から思った。

「あのね、つらくなったら我慢しないで、甘えればいいのよ」

優しく諭すような口調に小さくうなずくと、

「さ、いらっしゃい」

声をかけられ、（え？）となる。怖《お》ず怖ずと顔をあげれば、こちらを向いた夕紀恵が両手を差し出していた。幼子に、抱っこしてあげると誘うみたいに。

いや、実際にハグするつもりなのだ。年下の男を慰めるために。

「いや、あの」

さすがに躊躇すると、彼女は「ほら、早く」と急かした。

「男をいたわって慰めるのが、女の役目なの。遠慮する必要はないわ」

案外古風な考えの持ち主らしい。もっとも、充義が身を委ねやすいように、そんなことを言ったのかもしれない。

「充義さんは、わたしのことをお姉さんって呼んだわよね。年上の言うことは、ちゃんと聞かなくちゃダメよ」

あれはそういう意味で用いた言葉ではなかった。もちろん彼女だって、そんなことはわかっているのだ。

(ここまで言ってくれてるんだ。甘えたってバチは当たらないさ)

何より充義自身が、優しい人妻とのスキンシップを欲していた。

「わかりました」

そろそろと前に出て、夕紀恵に近づく。カウンター席の隣にいたわけであり、もともとほとんど離れていなかったのだ。

それでも、ほんの十センチも距離を詰めただけで、やけに彼女が大きく見えた。

「わっ」

思わず声をあげたのは、いきなり抱きすくめられたからだ。

もふっ——。

柔らかなものに顔がめり込む。おっぱいだ。もちろん直にではなく、エプロンの上からであるが。

油と揚げ物の匂いが鼻腔に流れ込む。その奥に、女体本来の甘いかぐわしさも隠れている気がして、充義は息を深く吸った。

けれど、背中を優しくさすられて、浅ましい行為を控える。彼女に失礼だと気がついたのだ。

「わたしには、こんなことしかできないけど、元気を出してね。いつか必ず、報われる日が来るわ。充義さんみたいにいいひとが幸せにならなかったら、そんな世の中は間違ってるもの」

頭の上から、穏やかな声が降ってくる。神の啓示を受けているような、敬虔な気持ちになった。

「ありがとうございます。頑張ります」

「だけど、無理はしないでね」

充義には女のきょうだいはいないが、本当に姉から励まされているようだ。胸が熱くなり、新たな気概と活力が漲《みなぎ》る心地がした。

そうやってうっとりと、半ば夢心地でいたものだから、別の部分に活力が漲っていたことも、そこに人妻の手が迫っていたことにも気がつかなかった。

「あうッ」

充義は呻き、腰をブルッと震わせた。その時点では何が起こったのか、はっきりと理解できていなかった。何しろ、信じ難い出来事であったから。

「まあ、こんなに」

驚きを含んだ声で、ようやくどういう状況なのかを悟る。昂奮状態になった牡のシンボルを、ズボン越しに握られたのだと。

「あ、ちょ、ちょっと」

胸に埋めていた顔を、焦って離す。だが、股間をしっかりと捕獲されていたため、逃げられなかった。

「わたしは、充義さんに元気になってもらいたかったんだけど、こっちも元気にするつもりなんてなかったわ」

あきれた面持ちを見せながらも、夕紀恵は欲望の高まりから手をはずさなかった。それどころか、ニギニギと強弱を与えてくる。

「ああ」

悦びが急角度で高まり、充義は膝をカクカクと震わせて喘いだ。

(鉢嶺さん、どうしてこんなことを――)

せっかく励ましていたのに、下半身が不埒な反応を示したから咎めようとしたのか。いや、さっきの体勢では、ペニスが勃起しても見えなかったはず。

つまり、彼女は触れることによって初めて、そこがふくらんでいるとわかったのである。

(てことは、最初からおれのを愛撫するつもりで?)

大きくなっていなくても、快感を与えてエレクトさせるつもりだったのではないか。おそらく、下半身も慰めるために。

だとすれば、昂奮させるつもりはなかったというのは嘘である。

見抜かれたと察したのか、夕紀恵はチロッと舌を出し、意図した行動であるとあっさり認めた。

「なんてね。本当は最初から、充義さんを気持ちよくしてあげるつもりだったの。ハグしただけでオチ×チンが大きくなるとは思わなかったけど」

「ど、どうしてそんなことを?」

「だって、男のひとを元気づけるのには、これが一番じゃない。すっきりすれば、身も心も晴れ晴れするでしょ」

あるいは、夫が落ち込んだときにも、カラダで慰めていたのであろうか。

（だけど、どうしておれにまで？）

こんなふうに弱みを見せる男なんて、滅多にいないだろう。あまりに情けなくて、かえって憐憫を覚えたのか。また、こちらが年下であり、優しさに触れただけで泣きそうになったのにも、母性本能をくすぐられたのかもしれない。

いったん高まりから手をはずすと、彼女の手は充義のベルトを弛めた。ズボンの前を開き、

「おしりを上げて」

と、軽い口調で命じる。

脱がせるつもりなのは、一目瞭然であった。そうとわかりつつ、充義が素直に従ったのは、快感を求める気持ちがふくれあがっていたからだ。しかも施しをしてくれるのは、優しい人妻なのである。

（これ、夢じゃないだろうか……）

尻を浮かせると、ズボンを脱がされる。中のブリーフもまとめて、それらは足首まで落とされた。

「ふふ」

あらわになった秘茎に、夕紀恵がほほ笑んで目を細める。これまでになく淫蕩

な面差しに、充義はドキッとした。快楽への期待が高まる一方で、激しい羞恥にも苛まれる。

（ああ、見られた）

勃起したイチモツを、風俗嬢以外の前で晒すのは初めてだ。頬が熱くなり、身をよじりたくなるほどなのに、海綿体が充血を著しくするのはなぜだろう。

料理を終えて間もない、清潔な手がのばされる。白い指が無骨な筒肉を回り、キュッと握られた。

「あふぅ」

充義はたまらず声を上げ、背もたれのない椅子から落っこちそうにのけ反った。

「あら、すごい。また大きくなったみたい」

彼女の手の中で脈打つ分身は、亀頭が今にも破裂しそうに膨張していた。こんなに猛々しい勃起は、随分なかった気がする。

「カチカチだわ。ウチの旦那とも ふたつしか違わないのに、元気なのね」

どうやら夫は同い年らしい。結婚生活も長いし、夫婦の営みではここまで硬くならないのかと思えば、

「オチ×チン、久しぶりだわ……」

夕紀恵のつぶやきに（え？）となる。

（久しぶりって、ずっとチ×ポを握ってなかったってこと？）

それはつまり、夫とはセックスレスということなのか。

大きな子供がふたりもいれば、仕事や家族が優先で、新婚時代のような甘い生活とは無縁になろう。そうなれば夜の生活も減りがちだと、独身の充義にも容易に想像がついた。

（でも、こんなに素敵な奥さんなのに）

ヒップラインも見事だし、一緒に生活していても飽きることなく、後ろをついて回りそうな気がする。まあ、今日会ったばかりだから、そんなふうに思えるのかもしれないが。

それからもうひとつ、わかったことがある。

（夕紀恵さんは、誰にでもこんなことをしてるんじゃないんだな）

可哀想な男には、相手を問わずサービスをしているわけではないのだ。もしかしたら、初めて夫以外のモノを握ったのかもしれない。

しかし、そんなふうにあれこれ推測できたのは、そこまでだった。

「ああ、あ、ううう」

柔らかな手が上下に動き、目がくらむほどの愉悦をもたらす。

「気持ちいい？」

問いかけにも、喘ぐことでしか答えられなかった。

「オチ×チン、ビクンビクンしてるわよ。敏感なのね」

そう言ってから、まさかという顔を見せる。

「ひょっとして、童貞なの？」

「ち、違いますよ」

充義は即座に否定した。風俗でしか経験がないとは、さすがに言えなかったが。

「鉢嶺さんの手が、すごく気持ちいいからです」

これに、夕紀恵は満更でもなさそうに頬を緩めたものの、

「その呼び方は好きじゃないわね」

と、不満も口にした。

「え？」

「わたしもそうしてるんだし、下の名前で呼んでほしいな」

より親密な交流を求めているらしい。ペニスを愛撫されているのであり、確かに苗字で呼ぶのは他人行儀だろう。

とは言え、異性を下の名前で呼ぶのなんて、男女を意識せずに遊んでいた幼いとき以来である。そう簡単なことではない。

「えと……夕紀恵さん」

どうにか口に出したものの、背中が妙にくすぐったい。

「はい。よくできました」

冗談めかして言われても、まったく腹が立たない。むしろ彼女が年上であることを強く意識して、無性に甘えたい気分にさせられる。

「じゃあ、オチ×チン、もっと気持ちよくしてもらいたい？」

その問いかけを、オルガスムスに導く意味だと充義は解釈した。

まだちょっとしかしごかれていないのに、早々に果てるのはみっともない。だが、射精欲求は早くもマックス近くまで上昇していたのだ。

「は、はい。是非」

欲望に抗えずに返答すると、彼女が白い歯をこぼした。

「了解」

愛らしい受け答えにもときめいたとき、目の前から美貌がすっと消える。

「え？」

何が起こったのか理解できず、目をぱちくりさせた次の瞬間、下半身に甘美な衝撃があった。

「あああ」

椅子の上で、尻が自然とくねる。敏感な粘膜が温かな潤みにすっぽりと包まれ、てろてろと這い回るものがあったのだ。

視線を下に向ければ、その部分は人妻の後頭部に遮られて見えない。けれど、何をされているのかなんて、考えるまでもなかった。

(夕紀恵さんが、おれのを——)

人妻のフェラチオ。それも、閨房でテクニックを磨いたことが想像できる、ねちっこい舌づかいの肉棒ねぶりだ。

「だ、駄目です。こんなことしちゃ」

快感にまみれつつも中止を求めたのは、一日働いたあとで洗っていない股間が、嫌な臭気を放っていると知っているからだ。

ところが、夕紀恵は少しも気にならない様子で、舌をピチャピチャと躍らせる。匂いだけでなく味も染みついているであろうくびれ部分も、尖らせた舌先で丹念に清めた。

おかげで、申し訳なさをかき消すほどに、悦びがふくれあがる。

（ああ、こんなのって）

尻の穴がムズムズして、いく度も引き絞ってしまう。じっとしていられなくて、踵を浮かせたり床につけたりを繰り返した。

そのまま、あと一分も続けられたら、アウトだったろう。

「ふう」

顔をあげた夕紀恵がひと息つく。唇が濡れており、妖艶な色っぽさに肉根がしゃくり上げた。

「美味しかったわ、充義さんのオチ×チン」

「あの……すみません」

反射的に謝ると、彼女が怪訝な表情を見せた。

「え、どうして謝るの？」

「いや、おれの……汚れてましたから」

「ああ」

納得顔でうなずいた人妻が、クスッと笑みをこぼす。

「わたしが舐めたくて舐めたんだもの。充義さんが謝る必要はないわ。それに、美味しかったのは本当だし、匂いだってそうよ。わたし、お仕事を頑張ったあとのオチ×チンが大好きなの」

それが本心からなのか、それとも負い目を感じさせまいと気遣った言葉なのかはわからない。どちらにせよ、生々しい男くささを放つ肉根に、不快感を覚えていないのは確からしい。

(けっこうエッチなひとなのかも)

ボランティアに精を出す、気立てがよくて真面目な人妻という印象だった彼女が、今は別の意味で精を出そうとしている。夫としていなくて欲求不満なのかと、つい失礼なことを考えてしまった。

「もう白いのを出したいんでしょ? オチ×チンも限界みたいだし」

「はい、出したいです」

もはや取り繕っても意味はない。充義は正直に答えた。

「素直でよろしい」

年上らしく告げると、夕紀恵は再び顔を伏せた。

(え、まさか)

果てそうなところでやめたから、最後は手で導かれるのだと思っていた。しかし、フェラチオを再開させたということは、ほとばしるものを口で受け止めるつもりなのか。

事実、彼女はペニスを咥えるなり唇をすぼめ、頭を上下させて筒肉を摩擦しだしたのである。

さすがに口内発射は畏れ多いと、充義は募る快感を抑え込んだ。懸命に気を逸《そ》らせ、爆発を回避しようと目論んだものの、しなやかな指が陰嚢《いんのう》を捉えたことで劣勢に追いやられる。

「ああ、そ、そこは」

牡の急所を優しくモミモミされ、忍耐があっ気なく四散する。脳が絶頂への切望に支配され、他に何も考えられなくなった。

「だ、駄目です。出ちゃいます」

切羽詰まった訴えにも、夕紀恵は耳を貸さなかった。それどころか舌をねっとりと絡みつけ、絶頂間近の牡根を激しく吸いたてる。

そこまで献身的に責められて、風俗嬢の金額に見合ったサービスしか知らない素人童貞が、太刀打ちできるはずがなかった。

「あうう、ほ、ホントにいく」

目の奥に火花が散り、全身が歓喜に蕩ける。腰をビクッ、ビクンと震わせて、充義は激情のエキスを勢いよく噴きあげた。

「ん──」

人妻が身を強ばらせる。けれど、それは一瞬のこと。

次々と青くさい粘汁を撃ち出す強ばりを、彼女は熱心に吸いねぶった。頭を忙しく振り立てながら。

吸引によって射精の勢いが増す。陰嚢のポンプも揉まれていたため、吸い出された子種が先を争うように尿道を駆け抜けた。

おかげで、全身がバラバラになりそうな悦びにまみれる。

(すごすぎる……)

こんなにも射精が長く続いたのは、初めてではないだろうか。充義はザーメンばかりか、魂まで抜かれる気分にひたった。

絶頂後で過敏になった亀頭が、しつこくペロペロと舐められる。強烈なくすぐったさとむず痒さが生じて、充義は呼吸を乱しっぱなしであった。

「ああ、も、もう」

悶絶しそうになったところで、ようやく口がはずされた。

(あ、ティッシュを)

全身に倦怠感を覚えつつ店内を見回し、牡汁を吐き出してもらうための薄紙を探す。ところが、顔をあげた夕紀恵が即座に、

「いっぱい出たわ」

と笑顔を見せたものだから、充義は戸惑った。口の中には、もう何も残っていないようだ。

(え、それじゃ――)

彼女が言ったとおり、射精の量は多かったはずである。それをすべて飲んでしまったというのか。

「あ、あの」

申し訳なくてうろたえる充義であったが、

「でも、すごいのね」

感心されて「え?」となる。

「あんなに出したのに、ここは元気なままなんだもの」

言われて下を見るなり、頬がカッと熱くなる。しなやかな指に捉えられた分身は、未だ猛々しいままだったのだ。亀頭は赤みを著しくし、張り詰めた様がいっ

そう生々しく映るほどに。

「ひょっとして、溜まってたの？」

露骨なことを言われて、居たたまれなくなる。いくら仕事でくたびれても、欲望は右手の孤独な作業にいそしみ、定期的に放出していたからだ。

さすがにそこまでは打ち明けられなかったものの、男の生理を知り尽くしたらしき人妻は、とっくに見抜いていたのではないか。

「恋人もいないって話だったし、自分でするだけじゃ心から満足できないでしょうね。でも、これは充義さんが元気になった証拠よ」

唾液に濡れた秘茎がゆるゆるとしごかれる。快感が津波のごとくぶり返し、充義は腰をくねらせて喘いだ。

「あうう、ゆ、夕紀恵さん」

「ね、奥へ行きましょ」

「え？」

「ここだと落ち着いてできないもの」

その言葉で、これで終わりではないのだと理解する。

（それじゃ、夕紀恵さんと最後まで――）

充義は喉がやたらと渇くのを覚えた。

3

店の奥は六畳の和室であった。ここは店舗兼住宅で、前の経営者は夫婦で田舎に引っ込んだため、部屋も好きにしていいと言われているそうだ。

「二階はご主人たちの荷物が置いてあるから使ってないんだけど、ここはわたしたちの休憩室にしているの」

古い茶簞笥に丸い卓袱台という、昭和を感じさせる茶の間である。小さなテレビも置いてあるから、ひと休みをするのには必要十分であろう。

「あと、店を閉めたあとで売上の計算をしたり、他にメンバーがいたらおしゃべりをしたりとかも」

そう言ってから、夕紀恵は意味ありげに口角を持ちあげた。

「それで帰りが遅くなることが、たまにあるの。だから心配しなくてもいいわ」

つまり、ここでゆっくり時間を過ごしても大丈夫なのだ。

「さ。脱ぎ脱ぎしましょ」

充義はスーツの上着を脱がされ、人妻の手でネクタイもはずされた。店で一度引き上げたズボンとブリーフ、それからワイシャツも奪われる。

最終的に、ランニングシャツにソックスのみという、かなりみっともない恰好にさせられた。股間では牡のシンボルが、隆々と反り返っていたものだから尚さらに。

いっそ全裸のほうがよかったものの、自分で脱ぐのはためらわれる。いかにもヤリたがっていると取られる気がしたからだ。

「さてと」

畳に正座した充義の前で、夕紀恵がエプロンをはずす。裸になってくれるのかと、思わず背すじをのばした。

だが、彼女は卓袱台を壁に立てかけると、押し入れから薄手の敷き蒲団を出して畳に広げた。

「お昼寝用だからシーツはないの。これで許してね」

「ああ、いえ」

「それじゃ——」

夕紀恵がジーンズに手をかける。前を開き、豊かに張り出した腰から剝《む》きおろした。

しかも、中の下着もまとめて。

「ああ」

充義は思わず感嘆の声を洩らした。胸が震えるほどになまめかしく、目が釘付けとなる。

肌の色は白い。特に太腿は透き通るようで、静脈が蒼く浮いていた。見るからにスベスベで、しかもむっちりと肉感的だから、むしゃぶりついて頬ずりをしたくなる。

脂がのってふっくらした下腹も、熟女の色気を醸し出す。逆立つ恥叢は伸び放題というふうで、特にお手入れなどしていないらしい。それが日常的なエロスを感じさせ、猛りっぱなしのペニスがいっそう硬くなった。

そのまま、上も脱いでくれるのだと思っていた。ところが、彼女は下半身を晒しただけで、蒲団に膝をついた。

「恥ずかしいから、全部は脱がないわよ」

照れくさそうに告げられ、「あ、はい」とうなずく。残念ではあったが、文句を言える立場ではない。こうして誘われただけでもラッキーなのだ。

「さあ、いらっしゃい」

手招きされ、充義は気が逸《はや》るのを抑えきれず、寝床にすり寄った。

「ここに寝て」

仰向けで寝そべると、夕紀恵が左側に添い寝してくれる。顔を上から覗き込み、手は下半身へと。

「むふぅ」

強ばりに指が絡みつき、太い鼻息がこぼれる。店で握られたときよりも感じてしまったのは、このあとにある行為への期待が高まっていたからであろう。

「すごいわ。さっきよりも硬いぐらいじゃない？」

人妻も美貌に驚きを浮かべた。それから、物足りなさそうに眉をひそめる。

「ねえ、わたしのもさわっていいのよ」

充義はほぼ気をつけの姿勢であった。両腕はからだの側面にぴったりくっついており、手のひらも内側を向いている。彼女とは、脚がわずかにふれあっているだけであった。

「え、いいんですか？」

「だから脱いだんじゃない」

あきれた顔を向けられ、恥ずかしくなる。女性に慣れていないことを、自らバラしたも同然ではないか。

(だけど、さわるって……)

あらわになっているのは下半身のみだから、場所は自然と限られる。特にこの体勢では、手の届くところにあるのは女性器のみだ。

とは言え、いきなりそこに触れるのは、いかにもセックスだけしたいみたいでためらわれた。

ならばと、横臥して夕紀恵のほうを向く。右手をまずは太腿へとのばした。

(ああ、素敵だ)

想像したとおりの、いやそれ以上のなめらかさに胸がはずむ。片栗粉をまぶした搗《つ》きたてのお餅のようで、柔らかさも格別だった。

「あん」

彼女もうっとりと息をはずませ、手にした肉根を小刻みにしごく。腿を撫でられただけでも快いのか。

そのくせ、もっと他もさわってとねだるみたいに、腰をくねらせた。

(よし、だったら)

ふたりの距離をさらに詰めると、右手を背後へと移動させる。ジーンズの後ろ姿でも豊かさが際立っていた、魅惑の臀部へと。

下を脱いでから、夕紀恵は背中側を見せていない。まだ目にしていないそこは、太腿よりも堅めではあるが、そのぶんお肉の弾力が際立っていた。

(夕紀恵さんのおしりだ)

たわわな丸みは、ふたつに分かれた一方のみでも、片手では摑みきれない。手に余るボリュームとぷりぷりした感触を、割れ目に顔を埋めてダイレクトに味わいたくなる。

いや、いっそ顔に乗られたい。彼女の椅子になって坐られ、もっちりした重みを顔全体で受け止めたい。

そんなことを考えながら熟れ尻を揉み撫でていると、熟れ妻が「もう」とやるせなさげにこぼした。

「充義さんって、おしりが好きなの?」

軽く睨まれ、狼狽する。しつこくさわり続けたせいで、尻フェチだと思われたのか。

「いえ、あの、夕紀恵さんのおしりが、とっても魅力的だから」

「わけないでしょ。ただ大きいだけだもの」

「そんなことありません。さっきだって――」

言いかけて、慌てて口をつぐむ。しかし、彼女は聞き逃さなかった。

「え、さっきって？」

「ああ、えと」

誤魔化そうとしたものの、じっと見つめられて観念する。

「お店でも、夕紀恵さんの素敵なおしりに見とれたんです」

「お店でって、ジーンズを穿いてたのに？」

「はい」

「ふうん」

夕紀恵は複雑な表情を見せた。どうしてそんなものに見とれるのかと、戸惑っている様子である。充義が惹かれたほどには、ヒップラインに自信がないのだろうか。

だが、なじられても尻揉みの手がはずされなかったため、事実だとわかってもらえたらしい。そして、いいことを思いついたというふうに、彼女が目を悪戯っぽく細めた。

「だったら、もっとしっかり見せてあげようか？」

「は、はい」

前のめり気味に返事をすると、「エッチなひとね」と睨まれる。

夕紀恵はからだを起こし、充義の胸を膝立ちで跨いだ。しかも逆向きで、おしりを差し出すようにして。

（ああ、すごい）

もっちりして重たげな艶尻が、手をのばせば届く位置にあった。

茹で卵をふたつ並べたみたいな、芸術的なフォルム。波線を描く太腿の付け根部分は、肌の色がわずかにくすんでいた。生活感がリアルに表れており、妙にそそられる。

さらに、ぱっくりと割れた谷底には、女体の神秘たる花園がある。陰毛に覆われて佇まいは詳らかでないものの、縮れ毛の隙間に肉色の花びらが見えた。

そこからむわむわと、淫靡な臭気がこぼれ落ちてくる。

「ほら、どう？　充義君の好きなおしりよ」

夕紀恵が丸みを左右に揺する。お肉がはずむさまにも魅せられたが、今は人妻の生々しいかぐわしさが、充義を激しく昂らせていた。

(そうか……こんな匂いなのか)

これまで性的な交流を持った風俗嬢たちは、例外なく事前にシャワーを浴びていた。秘部に口をつけたこともあったけれど、ほとんどがボディソープなどの人工的な香りしか漂わせていなかった。

よって、女体が放つ恥ずかしいパフュームを嗅ぐのは初めてなのだ。

普通に生活をしていれば、当然トイレにも行くだろう。そこにはアンモニアの成分も含まれているようだ。

だが、最も顕著なのは、発酵しすぎたヨーグルトを思わせる酸っぱい匂いであった。かなり独特で、ケモノっぽくもある。

たとえば何もないところでこれだけを嗅がされれば、少なくとも好感を抱くことはあるまい。だが、気立てのいい人妻が性器を晒しているのだ。そこの匂いだとわかれば、惹かれないほうが嘘である。

もっとも、夕紀恵のほうは、そんなところまで知られたことに気がついていないようだ。

「やっぱりおしりが好きなのね。オチ×チンがいっぱいおツユをこぼしてるわよ」

鈴割れから多量の先汁が溢れ、下腹に垂れているのは、亀頭とのあいだに粘っこい糸が繋がる感触からわかった。牡の強ばりが昂奮状態にあるのを、自身のヒップがそうさせたのだと彼女は思い込んでいるようだ。

それをいいことに、充義は熟れた双丘に両手を伸ばした。豊かに実った餅尻に指を喰い込ませ、こねるように揉む。

「あふぅン」

悩ましげに喘いだ人妻が、牡の上に身を伏せる。下腹にへばりついて脈打つ肉根に、何度もキスを浴びせた。

ところが、ヒップは掲げたままで、充義に密着させようとしない。焦らしているわけではなく、洗っていない秘部を顔に接近させたくないのだろう。すでに淫らなパフュームを嗅がれているとも知らずに。

しかし、彼女はペニスに唇をつけている。さっきは洗っていないそこをしゃぶり、射精にまで導いたのだ。こちらに何もさせないのは、かえって不公平だとも言える。

（夕紀恵さんだってしたんだ。おれがしてもおあいこじゃないか）

そう結論づけて、熟女の骨盤を左右からがっちりと摑む。そのまま自らのほうに引き寄せた。

「え、ちょっと」

夕紀恵が咎める声を発したのもかまわず、たわわな尻肉を顔面で受け止める。

「キャッ」

悲鳴があがり、尻割れがキュッとすぼまる。そこが充義の鼻を挟み込むと同時に、蒸れた汗がプンと匂った。

それから、濃密さを増した秘臭も鼻腔に流れ込む。

(おお、すごい)

動物的な趣を増したフレグランスに、股間の分身がビクンビクンとしゃくり上げる。けれど、もはやそっちをかまう余裕はなさそうで、人妻は尻をくねらせて逃れようとした。

「ば、バカッ、何してるのよ!?」

と、ひとが変わったように年下の男を罵る。

これまでの充義なら、女性に非難されたら即刻行動を改めるところである。なのに、淫らなパフュームを深々と吸い込み、舌を湿った恥芯に差し入れたのは、我を忘れるほどの劣情に苛まれていたからだ。

（たまらない……最高だ！）

顔と密着した尻肉の柔らかさとなめらかさ、そこにプラスして陰部のあられもない匂いが、牡を昂らせる。手放すなんてもったいない。むしろ、もっと重みをかけてとばかりに、充義は腕に力を込めた。

「あ、あっ、ダメよぉ。そこ、よ、汚れてるのにぃ」

入浴したのが昨晩だとすれば、丸一日分の汗や分泌物、さらに尿の残滓《ざんし》も付着させているのである。それらが昂奮を誘発する栄養素だとは、思いもしないのであろう。

充義が無視して舌を躍らせ、鼻をフガフガと鳴らすと、彼女は「イヤぁ」と嘆いた。

「ああ、ダメ……キタナイの、くさいのよぉ」

そのくせ、舌が敏感なところに触れると、尻の筋肉をビクッとわななかせる。感じていないわけではないのだ。

だったら、もっと気持ちよくしてあげればいいのかと、性の知識を総動員して口撃する。最も敏感な花の芽を。

「あ、あああっ、そこぉ」

鋭い嬌声がほとばしり、夕紀恵が腰をガクガクとはずませる。充義は逃すまいと喰らいつき、クリトリスを執拗に責めた。

トロリ——。

温かく粘っこい蜜が溢れ、舌に絡む。肉体も歓喜の反応を示したことで、狙いが間違っていないのだとわかった。

(もっと感じてください)

ザーメンまで飲まれたお礼のつもりで、クンニリングスに集中する。毛足の長い叢をかき分け、鼻の頭で秘肛を圧迫しながら。

性器の匂い以上に秘めやかなフレグランスを、充義は嗅ぎ取っていた。

今どき、ほとんどのトイレには温水洗浄が備えつけられている。それはほんの微々たるものだったから、密かに洩らしたガスの残り香かもしれない。

(おれ、夕紀恵さんのおしりの匂いを嗅いでるんだ)

究極と言っていいプライバシーを暴いたことで、昂奮がうなぎ登りとなる。このことを知ったら、さすがに彼女は軽蔑するだろうか。

とは言え、そんな余裕など微塵もないらしい。

「あ、あ、ダメ、おかしくなっちゃう」

あられもなくよがる人妻は、今や羞恥など消し飛び、快楽一色に染められているふうである。大臀筋の収縮もせわしなくなり、かなりのところまで高まっているのが窺えた。

(もうすぐイクかもしれないぞ)

是非とも頂上に導きたいと、口の奥が痛くなるのもかまわず舌を律動させる。舐めているのがアイスキャンディだったら、とっくに三本は溶かしているであろう勢いで。

その甲斐あって、夕紀恵は「ダメダメ」と極まった声をあげた。

「あ、イク、イッちゃう」

電撃でも浴びたみたいに痙攣した下半身が、次の瞬間強ばる。「う、うう」と呻いたのち、彼女は脱力して充義の上に伏せた。

「は——はふ、ふぅ」

荒い息づかいを鼠蹊部のあたりに感じる。目の前の、恥毛の狭間に覗く花びらのあいだから、白っぽい蜜が滴った。

(……おれ、夕紀恵さんをイカせたんだ)

実感して、喜びが胸に満ちる。風俗嬢の、いかにも演技っぽいよがり声なら何度か耳にしたが、女性をオルガスムスに至らしめたのはこれが初めてなのだ。

童貞を卒業したとき以上に、一人前の男になったという気概が満ちる。その機会を与えてくれた人妻に、感謝と愛しさがこみ上げた。

ふと見れば、恥芯の真上でセピア色のツボミが息吹いている。

そこが排泄口であると、もちろんわかっている。だが、ちんまりと整った放射状のシワに、あやしいときめきを覚えた。短い毛がまばらに取り囲んでいるのが、妙に卑猥だ。

(女性でも、おしりの穴に毛が生えるんだな)

頭では納得できても、彼女の優しい笑顔を思い浮かべると、何だか不思議な気がした。アヌスの匂い以上に、とんでもない秘密を暴いたのではないか。

(ここも舐めたら感じるのかな?)

アダルトビデオで、男優にアヌスを舐められた女優が、恥じらいながらも悶える場面を目にしたことがあった。あれが演技なのか事実なのか、今なら確かめられる。

充義は頭をもたげると、可憐なすぼまりをひと舐めした。

「ンぅ」

小さく呻いた夕紀恵が、豊臀をビクンとわななかせる。何をされたのか気づかないのか、充義の股間に顔を埋めたまま、深い呼吸を繰り返した。

それをいいことに、舌をねっとりと這わせる。特に味らしい味はなく、わずかに塩気がある程度だった。

それでも、背徳的な行為に及ぶだけで、昂揚がマックスにまでふくれあがる。

(おれ、夕紀恵さんのおしりの穴を舐めてる──)

世界一いやらしいことをしている気分にひたり、尖らせた舌先で秘肛をチロチロとくすぐる。そこまでされて、さすがに彼女も気がついたようだ。

「イヤッ」

悲鳴をあげ、充義の上から飛び退く。視界が開け、それまでからだに乗っていた重みがいきなりなくなった。

(え、あれ?)

何が起こったのか咄嗟にはわからず、充義は目をぱちくりさせた。すると、怒りをあらわにした夕紀恵が真上から睨んでくる。

「ば、バカじゃないの? おしりの穴を舐めるなんて!」

叱られて、反射的に「ご、ごめんなさい」と謝る。悪いことをしたとは、これっぽっちも感じていなかったけれど。

「洗ってないアソコも舐めたし、びょ、病気になっても知らないからね」

熟れ妻はかなり憤慨している様子ながら、目が落ち着かなく泳いでいる。洗っていない男性器をしゃぶった身では、説得力がないとわかっているのか。

「でも、旦那さんも夕紀恵さんのを舐めますよね？」

確認すると、彼女が焦りをあらわにした。

「な、舐めるわけないでしょ」

「どうしてですか？　アソコを舐めるのって、べつに普通だと思いますけど」

「シャワーを浴びたあとならね。それならウチの旦那だって舐め――」

言いかけて、彼女は口をつぐんだ。つまり、清めた恥芯なら、口をつけられても平気ということらしい。

年下の男を誘惑し、率先してペニスをしゃぶったぐらいだ。夫婦の営みでも、けっこう大胆に振る舞っていたのではないか。

ならば、オーラルセックスに抵抗はないのだろう。あくまでも女性としての慎みから、真っ正直な匂いや味を知られたくなかっただけなのだ。

「ていうか、洗ったあとだって、おしりの穴なんか舐めないわよ」

夕紀恵はブッブッとこぼし、充義の屹立を握った。咎めるつもりか、いささか乱暴にしごく。

「ああ、ゆ、夕紀恵さん」

「なによ、こんなに硬くしちゃって。わたしのくさいアソコや、おしりの穴を舐めて昂奮したの？」

なじる彼女の頬は、やけに赤い。本気で気分を害したわけではなく、照れ隠しでそうしているように思えた。

それに、艶腰がなまめかしく揺れている。

（もっとおしりの穴を舐めてもらいたかったのかも）

実はけっこう感じたのではないか。ちゃんと清めたあとだったらしっかり舐めさせて、あられもなくよがったかもしれない。

などと、密かに想像する充義であった。

4

「ねえ、したい？」

唐突な質問に、充義はきょとんとして夕紀恵を見あげた。

「え？」

「これ、わたしのアソコに挿《い》れたい？」

より露骨な言い回しをされ、何を訊かれたのか理解する。同時に、戸惑いも覚えた。

（え、するつもりじゃなかったの？）

蒲団を敷き、下半身をすべてあらわにしたのだ。当然、セックスをするのだと思っていた。

だが、わざわざ訊ねたということは、横になって愛撫を交わすだけで終わらせるつもりだったのか。

そのとき、彼女の目が挑むように細まっていることに気がつく。

（そういうことか……）

おそらく彼女は、年下の男に『したい』と言わせたいのだ。洗っていない秘苑の匂いや、味まで暴かれた仕返しに辱《はずかし》めたくて。それとも、ここに来て夫への罪悪感が芽生え、背中を押してもらいたいのか。

どちらにせよ、こちらから積極的に出ないことには、結ばれるのは難しそうだ。

はっきりと言葉にするしかない。

「挿れたいです。おれ、夕紀恵さんとセックスしたいです」

ストレートに告げると、夕紀恵は驚いたふうに目を丸くした。それから、面白くなさそうに眉をひそめる。

「そんなすぐに言ったらつまらないわ」

どうやら辱めるのが目的だったらしい。ため息をこぼし、唇を歪める。

けれど、それ以上焦らさなかったのは、彼女自身も交わりを欲していたからに違いない。

「いいわ。させてあげる」

などと言いながら、受け身にはならない。夕紀恵は重たげにヒップを浮かせ、充義の腰を跨いだ。

「これ、硬すぎるんじゃない？」

反り返る肉根を苦労して上向きにし、その真上に秘苑をあてがう。亀頭を濡れた裂け目にこすりつけ、愛液をたっぷりとまぶした。

「ううン」

それだけで感じたかのように、彼女が艶っぽい呻きをこぼす。いよいよなのだと、充義も待ちきれなくなった。

（ああ、早く）

だが、夕紀恵はなかなかヒップを下ろさない。この期《ご》に及んで焦らしているのかと思えば、そうではないようだ。

「これ、入るのかしら……」

と、処女のように怯えた面差しを浮かべたからである。

（本当に久しぶりなんだな）

そのため、猛々しい牡を迎え入れることに躊躇しているのだ。この様子だと、年単位で夫婦の営みから遠ざかっていたのではないか。

こんな素敵な奥さんを放っておくなんて、罪な旦那だと充義は思った。年齢的にも男盛りで、枯れるような年でもないだろうに。

もっとも、そばにいても手を出さないのは、飽きるほど抱いたためだとも解釈できる。だとすれば羨ましい限りだ。

「挿れるわね」

ようやく決心がついたようで、夕紀恵が面差しを引き締める。いきり立つ陽根の真上に、ぐっと体重をかけた。

ぬぬぬ――。

たっぷりと蜜をこぼしていた膣は、本人のためらいとは裏腹に、強ばりをやすやすと受け入れる。

「あ、あっ」

熟れ妻は焦った声を洩らしつつも、牡の股間に坐り込んだ。

「あふぅ」

切なげに喘ぎ、着衣の上半身を波打たせる。豊かに張り出した腰が、ブルッと震えた。

（ああ、入った）

分身が濡れ温かなものに包まれ、心地よい締めつけを浴びる。快感がじわじわと高まって、充義は呼吸をはずませた。

（これがセックスなんだ――）

風俗嬢との行為はまやかしで、今が本当の初体験のように思える。実際、感激は初めて女性を知ったときよりも大きかった。

「ああん、いっぱい」

夕紀恵が悩ましげに眉根を寄せ、表情をいやらしく蕩けさせる。久しぶりの交わりでも、成熟した女体はすぐにセックスの快感を思い出したようだ。

「充義さんのオチ×チン、中ですごく脈打ってるわよ」

淫蕩な笑みを浮かべ、入り口部分をキュッキュッと締める。

「あうう」

充義はのけ反り、体軀をわななかせた。

（おれのチ×ポが、夕紀恵さんの中に入ってる）

悦びが実感を高め、うっとりした気分にひたる。この体位だとこちらは動けないから、すべてを彼女に委ねる心地になっていた。

「動くわよ」

艶腰が前後に揺れる。筒肉が濡れ穴で摩擦され、充義は唸って顔をしかめた。早くも急上昇しそうな予感があったのだ。

「え、気持ちよくないの？」

夕紀恵が直ちに動きを止める。年下の男の顔が、苦痛を訴えているように映ったのか。

「ち、違います。逆です。夕紀恵さんの中が気持ちよすぎて、イキそうになってるんです」

正直に伝えると、彼女が「まあ」と目を輝かせる。自身の肉体が男を翻弄していると知り、喜びがこみ上げているようだ。

「いいわよ、イッても」

「で、でも」

「充義さんを元気づけるためにしてるんだもの。我慢しないで、イキたくなったらわたしの中に射精しなさい」

そこまで許すということは、安全日なのか。嬉しい許可も、けれど手放しでは喜べなかった。

（そんなすぐに出しちゃったら、情けなさすぎるよ）

しかも、さっき大量にほとばしらせたばかりなのだ。魅力的な人妻に、早漏だと決めつけられたくなかった。

夕紀恵が充義の両側に手をつき、前屈みになる。今度はヒップを上下に振り立てた。

「あ、あ、夕紀恵さん」

心地よく締まる穴で屹立をしごかれ、充義はハッハッと息を荒くした。高まる快感に、頭を左右に振って抗う。

いくら絶頂の許可をもらっても、こんなに早く昇りつめてはみっともない。加えて、せっかくの機会なのにもったいない。もっと長く愉しんで、人妻にもあられもない声をあげさせたかった。

そして、できれば夕紀恵を絶頂させたい。

ところが、彼女はそんなことは許さないとばかりに、腰をせわしなく上げ下げする。粒立った柔ヒダが、くびれの段差をぴちぴちと刺激した。

(ああ、よすぎる)

大袈裟でなく、ペニスが溶けそうに気持ちがいい。爆発を回避するのは至難のワザだ。

どうにか起死回生がはかれないかと、充義は忍耐と知恵を振り絞った。その結果、勝算は望めないものの、もしかしたらという突破口を見いだす。

「夕紀恵さん、あの、お願いしてもいいですか?」

荒ぶる息づかいの下から告げると、彼女が逆ピストンを停止した。

「え、なに?」

「後ろ向きになってほしいんです」

これに、夕紀恵は目を細め、クスッと笑った。

「なるほど、わたしのおしりを見ながらイキたいのね」

そんなに好きなのかと、からかう眼差しだ。恥ずかしかったものの、こちらの意図を悟られてはまずいから、充義は黙っていた。

「いいわ。お望みどおりにしてあげる」

彼女は強ばりを迎え入れたまま、充義の上で回れ右をした。

「おおお」

狭い穴で、屹立を横方向にねじるようにこすられて、またも危うくなる。

（我慢しろよ）

これで果ててしまったら、まったく意味がない。奥歯を噛み締めて、募る射精欲求を抑え込んだ。

「ふう」

たわわなヒップで坐り込み、夕紀恵がひと息つく。再び前屈みになり、充義の両膝に手をついた。

（ああ、いやらしい）

上半身の着衣とのコントラストで、剝き身の熟れ尻がやけに卑猥だ。そこが浮きあがると、逆ハート型の切れ込みに、濡れた肉棒が覗いた。

さらに、なまめかしくヒクつくアヌスまでも。

「やだ、これだと入ってるところがまる見えじゃない」

つぶやくように嘆きつつ、彼女はおしりを上下にはずませた。それこそ、結合部を見せつけるようにして。

ぬ——クチュ。

交わる性器が卑猥な濡れ音をこぼす。見え隠れする男根に、白い濁りがまといつきだした。

「ううう」

募る悦びに目がくらむ。柔ヒダにヌルヌルとこすられて、性感の上昇が急角度になった。

「あん、オチ×チン、とっても硬いわ」

あられもないことを口にして、夕紀恵が豊臀をせわしなく振り立てる。このままでは、早々にイカされてしまうだろう。

そうはさせじと、充義は頭をもたげて手をのばした。ふたりが深く繋がっているところに。

標的は、熟女の秘肛であった。こぼれた淫液を指に絡め取り、ツボミをヌルヌルとこする。

「キャッ」

夕紀恵が悲鳴をあげる。振り返り、

「ど、どこをさわってるのよ」

と、眉を吊り上げた。しかし、その反応は想定内だ。

充義はアヌスをほじるように悪戯しながら、真下から腰を突きあげた。

「あ、ああッ、い、いやぁ」

ふたつの穴を同時に責められ、人妻が乱れる。抗う余裕すらなくしたようだ。

(やっぱりおしりの穴が感じるみたいだぞ)

アナル舐めに対する拒絶反応から、もしやと思ったのである。あれは予想外に快感があったものだから、それを知られたくなくて逃げたのではないかと。

その推察は、どうやら当たっていたらしい。

「だ、ダメ、バカ——お、おしりは……」

夕紀恵がハッハッと息を荒ぶらせ、肛門をせわしなくすぼめる。女芯を抉られる悦びを、排泄口への刺激が高めているのは明らかだ。それこそ、充義が陰嚢を揉み撫でられ、あっ気なく果ててしまったように。

とは言え、充義が舐めたことで、アヌスの快感に目覚めたわけではあるまい。それ以前から、性感帯であると知っていた気がする。

さっき、洗ったあとでも夫は舐めないとこぼしたのは、気持ちいいのに舐めてくれないという不満の表れだったのではないか。だとすると、夫婦の営みで目覚めたわけではあるまい。

夫の前に付き合った男に開発されたのか。それとも、セックスレスの不満を自身の指で慰める中で、そこも快いとわかったのか。

訊ねたところで彼女は白状しないだろう。今はとにかく、愉悦を与えることに集中すべきだ。

充義は気ぜわしく抽送し、尻穴をほじった。すると、ほぐれたその部分に、指先がつぷっと入り込む。

「イヤイヤ、あ、おしりぃ」

あられもなくよがる夕紀恵が、腰をいやらしく回しだした。膣口とアヌスが同時に収縮するのがわかる。

(うわ、すごい)

どちらも締めつけが強くなったが、肛門括約筋のほうがより著しい。第一関節から先に、血が流れなくなった感すらある。

それにもかまわず、指を小刻みに出し挿れすると、

「ダメダメ、ま、またイッちゃうううッ！」

彼女は声を張りあげ、臀部の筋肉をギュッと強ばらせた。それにより、膣もキツくすぼまる。

「あああ、お、おれも」

充義も堪え切れずに高みへ至った。温かな蜜窟の奥に、青くさいザーメンを噴きあげる。それも、二度目とは思えないほどの量を。

ドクッ、ドク――びゅるんっ。

「はうう、で、出てるぅ」

ほとばしりを感じたらしく、夕紀恵が悩ましげに喘ぐ。脈打つのに合わせて、ペニスを蜜穴で締めつけた。

おかげで、充義は最後の一滴まで、最高の歓喜にひたって放つことができた。

（なんて気持ちいいんだ……）

風俗嬢との行為とは異なり、肉体だけでなく心も満たされるよう。やはりこれこそが、本当のセックスなのだ。

素人童貞を卒業したのもそうだが、夕紀恵を絶頂させられたことが、何よりも嬉しい。こんな素敵なひとと巡り逢えるなんて、自分は幸せ者だ。

脱力した人妻が、充義の脚の上に突っ伏す。陰部があらわに晒され、そこには萎えかけた牡器官と、指が嵌まったままであった。

充義はそろそろと指を引き抜いた。

「ううう」

呻いた夕紀恵が、双丘をピクピクと痙攣させる。指がはずれるとすぐに、アヌスは元の可憐な姿に戻った。

指先を観察すると、わずかに泡立った愛液が付着しているだけであった。それでも鼻先にかざすと、発酵しすぎた乳製品を思わせる匂いが感じられた。

(これが夕紀恵さんの……)

彼女の夫も知らないであろう、究極のプライバシーを暴いたのだ。強ばりを解いた分身が、悪あがきをするみたいにヒクンと脈打った。

そのはずみで、膣口からこぼれ落ちる。

「あん」

夕紀恵が小さな声を洩らし、のろのろと上体を起こす。振り返った美貌は頬がやけに赤く、目が泣いたあとみたいに潤んでいた。

「……ヘンタイ」

なじる声も甘えているふう。そのとき、わずかに洞窟を見せていた恥割れから、中出しした白濁汁がトロリと滴った。しかも、かなり多量に。

(うわ、本当にすごく出たんだ)

卑猥な光景に、充義は頭がクラクラするのを覚えた。

第二章　新妻もがんばります

1

週末——。

充義は最寄り駅を出ると、「まぁまぁ屋」に向かった。

あの日以来、二度目の訪問になる。休日を前に、美味しい食事で癒やされたかったのだ。

(夕紀恵さんはいるかな?)

その点もちょっと、いや、だいぶ気にかかる。

彼女の話では、担当者は日替わりということだった。四、五人で回しているような感じだったし、営業日は水曜日を除く平日のみだから、メニューを決めるのは週に一回ぐらいではないか。

だとすると、このあいだ担当したばかりの夕紀恵が、また今日もというのはなさそうだ。

もっとも、メニューや調理担当でなくても、給仕を手伝うことがあるとも言っていた。そっちのほうで店にいる可能性もある。

食事が目当てなら、べつに夕紀恵がいなくてもかまわないのである。なのに、彼女にいてほしかったのは、いやらしい期待が少なからずあったためだ。

あの日はフェラチオ奉仕で精液を飲まれたあと、奥の部屋でからだも繋げた。蕩けるような快感にひたって二度目のオルガスムスを迎え、人妻の秘密もたくさん知ることができたのだ。

あれはこれまでの人生で、最高のひとときだった。もう一度と願ってしまうのは、男として無理からぬことである。

まして、長らく報われない日々を送ってきた身なのだから。

彼女は夫や子供がいる身であり、どれだけ親密になっても一生を共にすることはできない。そんなことはもちろんわかっている。

それでも求めてしまうのは、単なる肉欲からではなかった。恋愛経験が乏しかったがために、充義は本気で人妻に恋をしていた。

(とにかく、早く行かなくちゃ)

今日も残業があったため、時刻は午後七時半を回っている。子供食堂がメインであり、いつも早めに閉まるようだから、急いだほうがいい。

今日も最後のお客になって、美味しいご飯だけでなく、熟れた女体も食べたいな。などと浅ましいことを考えながら、店の前に到着する。

(よし、開いてたぞ)

幸いにも営業中だったものの、中を覗くとカウンターにふたり連れの客がいた。見たところ老夫婦っぽい。

残念ながら最後のお客にはなれないようだ。それでも、ひとつだけいいことがあった。

(あ、夕紀恵さん)

願いが通じたのか、愛しの熟れ妻の姿が見えたのである。お客が帰ったばかりなのか、テーブルを片付けていた。

今日も調理を担当したのか。それとも給仕の手伝いなのか。どちらにせよ、彼女に会えるだけで嬉しい。

充義は逸る気持ちを抑えきれず、引き戸をカラカラと開けた。

「いらっしゃいませ」

こちらを向いた夕紀恵が、笑顔で迎えてくれる。充義だと気づいた途端、恥じらいの眼差しを浮かべたのがわかった。

「いらっしゃい、充義さん」

改めて名前を呼んでくれたのも嬉しい。気持ちを浮き立たせて店内に進んだとき、

「いらっしゃいませ」

愛しの人妻とは別の声が聞こえた。

(え?)

そちらを見れば、カウンター奥の厨房に、若い女性の姿があった。エプロンに三角巾というのは、夕紀恵と同じである。

(ああ、それじゃ)

今日の調理担当は彼女らしい。

年は二十代の前半ぐらいではないか。フリル付きのエプロンが愛らしい。まだ

食堂の仕事に慣れていないのか、どことなく気弱げな面差しだ。

夕紀恵たちの仲間は、家庭の主婦が中心だと聞いた。そうすると、彼女も人妻なのだろうか。

「今日のメニューと調理を担当してくれている、中谷《なかたに》まさみちゃんよ」

夕紀恵がそばに来て教えてくれる。充義は厨房に向かってペコリと頭を下げた。

「あ──」

まさみも焦ったふうに一礼する。そんなしぐさも初々しい。

「あのひとも結婚されてるんですか？」

「そうよ」

「ずいぶん若い奥さんですね」

「二十四歳よ。童顔だから、もっと若く見えるけど」

確かに、二十歳そこそこと言われても信じたであろう。目がぱっちりして、子役の美少女がそのまま大人になったみたいだなと思った。

そして、見るからに世間知らずっぽい。

「まあ、わたしは二十一で結婚したんだけど」

などと、三十八歳の熟れ妻がわざわざ口にしたところを見ると、仲間の若妻にライバル意識があるのか。まさか、モノにした年下の男を取られると思ったわけではあるまい。

「夕紀恵さんは、そのころからお綺麗で、大人っぽかったんでしょうね」

おだてたわけではなく、思ったことを告げただけなのである。ところが、夕紀恵が「まあ」と言ってはにかみ、上目づかいで睨んできた。

「そんなお世辞を言っても、何も出ないわよ」

充義がドキッとしたのは、彼女がやけに可愛らしく見えたからだ。

（こういう顔もするんだな……）

女性とセックスの素晴らしさを教えてくれた人妻の、別の魅力も知って胸がはずむ。

（おれは夕紀恵さんのアソコや、おしりの匂いだって知ってるんだ）

淫らなかぐわしさまで思い出して、無性にモヤモヤしてくる。股間の分身が、早くも情欲の膨張を始めつつあった。

しかしながら、他にお客もいるし、スタッフも彼女だけではない。このあいだのようなことは望めないだろう。

（我慢しろよ）

半勃ちになったペニスに、心の中で命令する。

「まさみちゃん、こっちにいらっしゃい」

夕紀恵が手招きをし、若妻が厨房から出てきた。

「はい、何でしょう」

叱られると覚悟しているかのような、緊張した面持ちだ。仕事中にミスでもやらかしたのであろうか。

「こちらはお客様の戸渡充義さん。ご近所に住んでいるのよ」

「は、初めまして、中谷まさみです」

恐縮したふうに頭を下げた彼女に、充義も「こちらこそ初めまして」と挨拶を返した。

「わたし、戸渡さんにお店の経理のことで相談があるから、こっちはまさみちゃんにお願いするわね」

「わかりました」

「それから、戸渡さんのお食事も用意しておいて」

「え、わ、わたしひとりでですか?」

まさみが驚愕の面持ちを見せる。

「今日はたくさん作ったんだし、わたしが見ていなくても平気でしょ。それに、いつまでも誰かに頼っていたら、一人前になれないわよ」

「……わかりました」

うなずいたものの、若妻は不安げな面持ちだ。

彼女がメニューを考えたと夕紀恵が言っていたから、料理ができないわけではないのだろう。ひとりですべてをやり遂げる自信がないらしい。

「それじゃ、戸渡さん、奥へお願いします」

「ああ、はい」

先導する夕紀恵の後ろで、ぷりぷりとはずむジーンズのヒップに見とれながらも、充義は首をかしげた。

(経理の相談って……おれ、経理部じゃないんだけど)

簡単な会計処理ぐらいならできるものの、専門的な知識はない。役に立てるかどうかは不明だ。

にもかかわらず安易に頼まれたのは、夕紀恵とふたりっきりになりたかったからである。

(あれ?)

店内に音楽が流れていることに今さら気がつき、振り返る。このあいだはなかったテレビが、天井近くに設置されていた。

新品の感じがしないから、お客か会のメンバーが寄付したのだろうか。歌謡ショーが放映されており、カウンターの老夫婦が見あげていた。

「充義さん、こっちよ」

「あ、はい」

夕紀恵に呼ばれて、充義は先日の茶の間に靴を脱いで上がった。すると、いきなり抱き締められる。

(え?)

抗う間も与えられず、唇を奪われてしまった。

彼女は最初から強く吸ってきた。舌を割り込ませ、唇の裏を舐める。充義が歯を緩めると、さらに奥まで侵入させた。

(……おれ、夕紀恵さんとキスしてる)

そう実感したのは、ふたりの舌が深く絡み合ってからであった。

前回は互いの性器を舐めることまでしたのに、唇同士の接触はなかった。もしかしたらそのことを、夕紀恵はもの足りなく思っていたのだろうか。

充義自身、キスも風俗嬢と経験済みである。だが、愛しさが高まってのふれあいではない。性愛行為の一環か、おざなりなものでしかなかった。

よって、本当のくちづけも、これが初体験と言える。肉体の交わり以上に、心と心の結びつきを感じた。

人妻の唾液は、トロリと粘つきがあって温かい。かすかな甘みも官能的で、充義は与えられるものを余さず呑み込んだ。

「ふう」

唇が離れると、夕紀恵が堪能しきったふうにひと息つく。

「キスも気持ちいいでしょ？」

「はい」

「本当に？」

その問いかけに続いて、下半身に快さが生じる。彼女が牡のシンボルを、ズボン越しに握ったのだ。

「あうう」

呻いた充義に、淫蕩な眼差しが向けられる。

「本当だわ。もう硬くなってる」

豊満な熟れ尻を目にしたときから、そこはふくらみかけていたのである。濃厚なくちづけと、しなやかな指の愛撫によって、勃起指数一二〇パーセントでそそり立った。

「ゆ、夕紀恵さん」

「我慢するのはからだに悪いわ。またスッキリさせてあげる」

跪《ひざまず》いた人妻が、甲斐甲斐しくベルトを弛める。前のときと同じように、ズボンとブリーフをまとめて足首まで落とした。

（経理の相談っていうのは、ただの口実だったんだな）

最初からいやらしいことをする目的で、奥の茶の間へ連れ込んだのだ。

「立派だわ」

血管を浮かせて反り返った肉根を、夕紀恵が惚れ惚れと見つめる。白魚の指を巻きつけ、軽やかにしごいた。

「あ、あの、だいじょうぶなんですか？」

募る悦びに膝を震わせつつ、心配になって訊ねると、彼女はきょとんとした顔で見あげてきた。

「え、何が？」

「食堂のほう、中谷さんに任せっきりにして」

「ああ、心配ないわ。ていうか、そのぐらいちゃんとできるようになってもらわないと、こっちが困るもの」

今後のことも考えて、独り立ちをさせるために試練を与えたというのか。もっとも、それも口実のように思えた。

「それに、出来上がるまで時間がかかると思うから、ちょうどいいわ」

「え？」

「今日は親子丼なんだけど、下ごしらえは済んでるし、一人前なら五分ぐらいでできるはずなの。だけど、まさみちゃんは手際がよくないし、慎重すぎるところもあるから、二〇分ぐらいかかるんじゃないかしら」

「そんなにですか？」

「わたしがそばにいれば安心して、もっと早くできるんだけどね」

最初の印象どおり気弱な性格ゆえ、ひとりだとうまく進められないらしい。

「だからって我慢しないで、さっさと出しちゃってよ」

告げるなり、夕紀恵が牡の漲りを頬張る。ちゅぽッと舌鼓を打たれ、快感がぐんと高まった。

「むふぅ」

充義は太い鼻息を吹きこぼし、堪え切れずに坐り込んだ。尚も肉根に食らいついて離さない人妻の、巧みな舌づかいに全身から力が抜け、そのまま畳に仰向けで寝そべる。

（うう、気持ちよすぎる）

彼女といやらしいことがしたかったのは事実ながら、いきなり奥の部屋に連れ込まれ、フェラチオをされるとは思わなかった。

すっきりさせると言ったから、射精に導くつもりなのだろう。さすがに他の人間が店にいては、セックスはできまい。そこまでの時間の余裕もなさそうだ。

かと言って、こちらばかりが奉仕されるのは心苦しい。

「お、おれも、夕紀恵さんのアソコが舐めたいです」

快感に震える声で訴えると、舌の動きが止まった。

「このあいだみたいに下を脱いで、おれの上に乗ってください」

シックスナインで舐め合うことを提案すると、夕紀恵がためらうように横目で見つめてくる。また生々しい匂いを嗅がれることに抵抗があるようだ。

その一方で、愉悦を求める気持ちもあったらしい。

ペニスを咥えたまま、彼女は言われたとおりに下半身のものを脱ぎおろした。ジーンズとパンティを片方の脚に残して、充義の胸を跨ぐ。

(おお)

充義は目を瞠《みは》った。丸まるとしたおしりが差し出され、ぱっくりと割れた谷底の、女体の神秘もあらわに晒されたのだ。

濃密な女陰臭もプンと香る。前回ですべてを知られてしまったから、今さら取り繕っても意味がないと悟ったのか。あとは好きにしてとばかりに、秘茎ねぶりを再開させた。

だったら遠慮なくと、充義も熟れ尻を引き寄せた。たわわなお肉と顔面を密着させれば、昂りが天井知らずにふくれあがる。

(ああ、夕紀恵さんの匂いだ)

もっとも、あのときよりも淡い感じである。もしかしたら充義が来店する予感がして、事前にビデで洗ったか、ウエットティッシュで拭き清めるかしたのではないか。それとも、家を出る前にシャワーを浴びたとか。

人妻の慎みを好ましく感じつつ、残念だったのも事実。ならばと、充義は恥芯より先に、アヌスに舌を這わせた。

「むふッ」

夕紀恵が鼻息をこぼし、陰嚢に風が吹きかかる。咎《とが》めるように、屹立に軽く歯を立てた。

しかし、抵抗らしい抵抗はそれだけだった。

前のときも舐められたばかりか、指を挿れられて昇りつめたのである。性感ポイントだと見抜かれたのであり、だったらいいかと諦めたのではないか。

彼女が肉根に舌を巻きつけ、ヌルヌルと動かしだしたのを見計らい、充義も秘肛をほじるようにねぶった。顔に乗った尻肉が、心地よさげにピクピクとわななくのを愉しみながら。

「むうう、ンふふぅ」

夕紀恵が呻き、イヤイヤをするようにヒップをくねらせる。それは感じている証拠だとわかっているから、充義は目標を逃さず責め続けた。

だが、いくら感じても、さすがにアナル刺激だけで昇りつめることはあるまい。頃合いを見て、舌を女芯に移動させる。最も敏感な部位へと。

「ぷはッ」

牡の漲りを吐き出して、熟れ妻が全身を波打たせる。臀裂がキツくすぼまり、充義の鼻面を挟み込んだ。

「あ、あ、そこぉ」

はしたない声を洩らし、すぐさまフェラチオに舞い戻る。「フンフン」と鼻息を荒ぶらせながら、屹立を吸いたてた。店のほうによがり声が聞こえたらまずいと、口を塞ぐ意味もあったのだろう。

（うう、ヤバい）

激しい吸引に、充義は危うくなっていた。けれど、自分だけが昇りつめるわけにはいかないと、クリトリスを舌先で抉るように舐めた。

「うう、う、むふッ」

熟れた下半身がビクッ、ビクンと、歓喜の反応を著しくする。もう少しだと、クンニリングスを休みなく続けながら、充義は指で肛門もこすった。

「むぅうううっ！」

夕紀恵が全身を跳ね躍らせ、オルガスムスを迎える。顔の上で尻肉が強ばり、アヌスのシワもキュウッと収縮した。

それと同時に、充義も頂上へ走る。

（あ、出る——）

無意識に腰を上下させ、人妻の唇に勃起を突き挿れる。彼女を気遣う余裕など、完全になくしていた。

それはおそらく、エクスタシーに至りながらも夕紀恵が唇をすぼめ、舌も休みなく動かしていたからだ。

「むふっ、うう、ぬふぅ」

蕩ける歓喜に全身をひたし、ありったけの牡汁を勢いよくほとばしらせる。

（ああ、よすぎる……）

仕事で疲れたあとなのに、こんなにも気持ちよく射精できるなんて。心地よい疲労感は、むしろストレスを軽減してくれた。

「──はふぅ」

牡器官を口から解放した夕紀恵が、深く息をつく。今日もザーメンを飲み干してくれたようだ。

脱力したふたりは身を重ねたまま、しばらく快楽の余韻にひたった。

2

店に戻ると、カウンターにいた老夫婦の姿はなかった。食事を終えて帰ったらしい。

（まずい。おそくなったかも）

やはり互いにイクまで舐め合ったのは、やりすぎだったのか。ところが、

「できてる、まさみちゃん？」

夕紀恵が声をかけると、

「あ、もうすぐです」

と、焦ったふうな返事があった。まだ親子丼はできてないらしい。

（本当に手際が悪いんだな）

これなら夕紀恵とセックスをしても、充分に間に合ったのではないか。などと、浅ましいことを考える。

「それじゃあ、わたしは先に帰るから、あとのことはお願いするわ。戸渡さんにお食事を出したら、店は終わりにしていいからね」

「わ、わかりました」

厨房から頼りない返事が聞こえると、夕紀恵が振り返った。

「充義さん、またね」

にこやかに言ったものだから、充義は「え？」と戸惑った。

「本当に、もう帰るんですか？」

「そうよ。家のこともやらなくちゃいけないから」

「それはそうでしょうけど……」

名残惜しさを語尾に滲ませると、彼女が声をひそめた。

「あんなことをしたあとでいっしょにいたら、まさみちゃんに怪しまれるかもしれないわ。女って、そういうことには敏感なのよ」

気弱で手際の悪い若妻には、そこまで見抜くのは無理な気がした。とは言え、夕紀恵を無理に引き止めることはできない。

「わかりました。それじゃあ、また」

「ええ、またね」

次の機会を約束するような艶っぽい笑みを浮かべ、人妻が小さく手を振る。

「よろしくね、まさみちゃん」

厨房のほうに声をかけ、彼女は出て行った。ジーンズのヒップを、見せつけるようにぷりぷりとはずませて。

茶の間で戯れる前よりも、充実度が増しているかに感じられたのは、気のせいだろうか。色気たっぷりの熟れ尻を見送ってから、充義はカウンター席に腰をおろした。

それから一分も待つことなく、

「お待ちどおさまでした」

まさみがお盆を手に厨房から出てきた。初めて接客する学生みたいに、やけにオドオドして。躓《つまず》いて転びそうだったから、充義も妙に焦った。

それでも、せっかくこしらえた料理をぶちまけることなく、無事にお盆をカウンターに置く。

「どうも」

充義はホッとして、本日の日替わり定食を眺めた。

蓋をした丼は、夕紀恵が教えてくれたとおり親子丼だろう。そこに味噌汁と、小鉢のサラダが付いていた。

丼の蓋を取ると、卵と出汁のいい匂いがふわっとたち昇る。三つ葉の香味も食欲をそそった。

「ああ、美味しそうだ」

少なくとも見た目は、そこらの食堂で食べるものと遜色ない。手際は悪いのかもしれないが、まさみの料理の腕は確かなようだ。

「ごゆっくりどうぞ」

彼女は一礼すると、店の入り口に向かった。営業終了の札を出すのだろう。

その後ろ姿を何気に見送れば、二十四歳の若妻は膝丈の、ふわっとした白いスカートを穿いていた。フリルのエプロンに合わせたらしい。

（いかにも若奥様って感じだな）

こんな恰好で、可愛い妻が台所仕事をしていたら、旦那はたまらないだろう。まだ新婚だろうし、背後から挑みかかってスカートをめくり上げ、抗うのもかまわず恥ずかしいところをいじくり回すのではないか。

などと、つい破廉恥な想像をしてしまう充義である。まさみがこちらを振り返ったので、慌てて親子丼に箸をつけた。

鶏肉とタマネギ、そして溶き卵と、具も一般的である。さっそく口へ入れるなり、充義の頬は自然と緩んだ。

（うん、旨い）

シャキシャキ感の残ったタマネギにも、出汁がしっかり染み込んでいる。鶏肉もぷりっとして歯ごたえがよく、卵との相性も抜群だ。

「美味しいよ、とても」

そばに来たまさみに告げると、不安げだった面差しが一転明るくなった。

「よかった……あ、ご飯も具も少し残ってますから、よかったらおかわりをしてください」

「いいの？」

「はい。戸渡さんが、本日最後のお客様ですから」

このあいだは人妻の熟れたカラダを食べられたし、今日はおかわりまでいただけるとは。この店は最後に来るといいことがあるようだ。

精もたっぷりと出したこともあって、かなり空腹だったのである。充義は旺盛な食欲で親子丼を一気に半分近くも食べ、思い出して味噌汁もすすった。

（ああ、こっちも美味しい）

作る者の個性が出るのか、夕紀恵のときとは味わいが微妙に違っていた。具はほうれん草と油揚げだ。

小鉢は千切りキャベツの上に、ポテトサラダが載っていた。子供たちがしっかり野菜を摂れるようにと、考えたメニューなのだろう。

もちろん、独り身の男にとっても有り難い。

(これ、五百円じゃ安いよなあ)

今日はいくら払えばいいかなと、充義は舌鼓を打ちながら考えた。

前回は悩んだ挙げ句、二千円を払ったのである。最初から千円は出すつもりでいたものの、濃厚なサービスもあったから、足りない気がしたのだ。

支払うと、夕紀恵は『まあ、こんなに』と驚きを浮かべた。助かりますとお礼を述べられ、

『いえ、こちらこそお世話になりましたから』

充義が答えると、彼女はなるほどという顔でうなずいた。

『つまり千五百円は、わたしのカラダのぶんなのね』

そういう意味じゃありませんと焦る充義に、人妻はクスクスと笑い、『冗談よ』と言った。

(払いすぎても、かえって気を遣わせちゃうだろうし)

今日は千円にしておこうと決心する。こちらも懐具合は寂しいので、寄付分を

加えてそのぐらいが妥当であろう。

(でも、おかわりはサービスと考えていいんだよな)

店としても残飯を出さずに済むから、食べてもらったほうが有り難いのではないか。ならば遠慮なくと丼を平らげ、

「すみません、おかわりを」

器を差し出すと、まさみは嬉しそうに口許をほころばせた。

「はい、少々お待ちください」

若妻が厨房に下がる。充義は味噌汁をすすり、ひと息ついた。その瞬間、

「むううう」

猛烈な腹痛に襲われたものだから、カウンターに突っ伏して呻いた。

(痛い痛い痛い、何だこれ?)

心の中で悲鳴をあげ、どうにか椅子から立ちあがる。腹を押さえ、前屈みのみっともない姿勢でトイレへ急いだ。

空腹のところに、急いで丼飯をかき込んだから、胃がびっくりしたのであろうか。食べすぎて腹が痛くなったことはこれまでにも何度かあり、出すものを出せばすぐ楽になるのが常だった。

ところが、腸内のものを出し切っても痛みは続いた。むしろ、いっそう酷くなるようだ。

（これはただごとじゃないぞ）

自身のからだに何が起こっているのか、さっぱりわからない。ただ、腹痛の原因は十中八九が食べ物だ。

そこまで考えて、まさかと蒼くなる。

（ひょっとして、今食べた親子丼が？）

あるいはサラダか。味噌汁で食中毒を起こしたなんて話は聞いたことがないから、そのどちらかである可能性が高い。生野菜を使ったサラダのほうが、より怪しいと言える。

（いや、待てよ。今日ここへ来たお客は、みんな同じものを食べたんだよな）

サラダはおそらく作り置きであろう。前もって準備して、冷蔵庫に入れてあったのではないか。

もしもそれが原因なら、他のお客も直ちにトイレの住人になったか、救急車を呼ぶ羽目になったはずだ。子供たちや、さっきいた老夫婦など、抵抗力もないであろうから。

だが、そんな騒ぎがあった様子は微塵もない。もしもあったら、とっくに営業を停止している。

(てことは、原因は親子丼か？)

まさみが時間をかけてこしらえたあれに、腹痛を引き起こす何かが入り込んだとでもいうのか。しかし、ちゃんと加熱してあったのだ。

振り返って考えるに、わりと大きめだった鶏肉は、かなり弾力があった。もしかしたら、半生だったのかもしれない。

(ナマの鶏肉はよくないって、どこかで読んだことがあるぞ)

火がちゃんと通ってなかったために、肉の中に菌が残ってしまったのか。

あれこれ考えるあいだにも、腹痛が治まる気配はなかった。ひたいに脂汗を滲ませて、充義はどうすればいいのかを必死で考えた。

本音を言えば病院へ連れて行ってもらうか、救急車を呼んでもらいたい。だが、それではおおごとになってしまう。

本当に親子丼が原因だったら、「まぁまぁ屋」が営業停止を喰らうのは必至である。そうなったら関係者にはかなりの打撃であり、楽しみにしている子供たちにも気の毒だ。

（夕紀恵さんだって、あんなに頑張っていたんだし）

彼女の恩に報いるためにも、ここは穏便に済ませよう。若妻がみんなから責められることになっても可哀想だし、騒ぎになってはならない。

（しばらく横になれば、きっとよくなるさ）

ここは自らの免疫力と、回復力に期待するしかない。方針が決定し、充義はどうにか便座から立ちあがると、トイレの外へ出た。

「まあ、どうなさったんですか？」

カウンターのところにいたまさみが、驚きを浮かべる。明らかに尋常ではないと、ひと目でわかったらしい。

「ごめん……お腹が痛くて、奥で休ませてもらいたいんだけど」

この申し出を聞くなり、若妻は顔面蒼白となった。

「え、そ、それじゃ」

原因が自身の料理であると、敏感に察したのではないか。カウンターに置いてあったおかわりの親子丼や、サラダの器を手に取り、クンクンと匂いを嗅いだ。

だが、今は原因を究明している場合ではない。

「あの、蒲団があったら、敷いてもらえるとありがたいんだけど」

あることを知っていながらお願いすると、

「あ、わ、わかりました」

駆け寄ってきたまさみに腕を取られ、充義はさっき夕紀恵と戯れたばかりの茶の間に上がった。

「ちょっと待ってくださいね」

彼女は押し入れを開けると、薄い蒲団を出して敷いた。このあいだ、その上で熟れ妻と交わったのであるが、甘美な思い出にひたる余裕などない。

「ううう」

呻きながら横になり、そろそろとからだをのばす。仰向けになると、少しだけ楽になった。

だが、しかめっ面を元に戻すのは、まだ無理のようだ。そんな充義を見おろして、まさみはオロオロしっぱなしであった。

「どうしよう……あ、夕紀恵さんに電話――」

彼女のつぶやきを耳にして、まずいと焦る。もう帰ったであろう夕紀恵を呼び戻すのは気が引けるし、このことは彼女にも知られないほうがいい。

「それよりも、ここにいてもらえる？」

電話を取りに戻ろうとしたまさみを呼び止める。彼女は素直に踵《きびす》を返し、充義の脇に膝をついた。

「ごめんなさい。わたしのせいで……」

こうなったのは自分の料理が原因だと、決めつけているらしい。大きな目が潤んでいる。

「いや、そうと決まったわけじゃないんだから。たぶん、休んでいればよくなると思うし」

もっとも、その兆しは少しも感じられなかった。最悪、治ったフリをして店を出てから、救急外来にでも飛び込むしかあるまい。

「どのあたりが痛いんですか?」

若妻が手を腹の上に置く。

「えと、もう少し下かな」

「ここですか?」

「うん、そこ」

ちょうどヘソのあたりである。彼女は上着の前を開くと、ワイシャツの上からさすってくれた。

すると、撫でられるところを起点にして、甘美な快さが広がった。

「ああ」

と、思わず感嘆の声を洩らしてしまうほどに。

「え、さわると痛いですか？」

手を引っ込めようとしたまさみに、充義は「あ、違うよ」と答えた。

「中谷さんに撫でてもらったら、楽になったんだ」

もっとしてもらいたくて告げると、

「そうなんですか？　よかった……」

安堵の面持ちを見せた若妻が、慈しむように男の腹部をすりすりする。幼い頃に戻って、母親に撫でられているような心地になった。

「ああ、本当に気持ちいい」

痛みはまだ続いていたが、けっこう薄らいだようだ。

（このひと、不思議な力でも持ってるのか？）

もっとも、患部を手で撫でると楽になるというのは、けっこうあるらしい。特に腹痛など、その部分が温まることで改善するとも聞いた。

加えて、心理的な効果もあるのだろう。愛らしい若妻に撫でてもらうのは、肉体よりも心に働きかけてくる部分が大きいように思われる。

これはこれでラッキーだったかもと現金なことを考えつつ、何気にまさみの下半身に目を向けた充義は、心臓をバクンと高鳴らせた。

彼女は膝を離して正座していた。それも、充義の頭のほうを向いて。スカートの裾から丸い膝小僧が覗いており、さらに奥まったところも視界に入る。目の高さがほぼ同じだったから、赤いパンティがばっちり見えたのだ。

(ずいぶん派手な下着だな……)

スカートが白だから、紅白でめでたい。なんて感心している場合ではない。

恥ずかしいところを覗き見られていると、まさみはまったく気がついていないらしい。彼女の目からはエプロンのフリルが膝を隠しており、そこがはしたなく開いているという意識もなさそうだ。

だからと言って、じっと見ていたら怪しまれる。充義はそれとなく視線をはずした。そのとき、

「え?」

若妻が目を丸くし、驚きをあらわにする。

(まずい。バレた)

看病してくれる女性の、スカートの中を覗くなんて。変態と罵られても仕方がない所業である。

観念して首を縮めたものの、そうではなかった。彼女の目は、充義の下半身に向いていた。

(え、何だ?)

頭をもたげて確認するなり、顔がカッと熱くなる。ズボンの股間が、あからさまにテントを張っていたのだ。

まさみにお腹を撫でられ、うっとりしたのは事実である。さらに赤いパンティを目撃したことで、ペニスが劣情の反応を示したらしい。

腹の痛みのせいで、充義はそっちの変化に気がつかなかった。

(うう、みっともない)

腹痛で横になりたいと言っておきながら、股間は逆に起きてしまうなんて。最初からいやらしい目的で奥の部屋に誘ったと、誤解されるかもしれない。

「あ、あの――」

言い訳を絞り出そうとした充義に、彼女が訝る眼差しを向けた。

「そこ、どうして大きくなったんですか?」

ストレートな質問をされ、軽いパニックに陥る。

「えと、中谷さんがお腹を撫でてくれたから……」

「え、わたしのせいで？」

「ああ、そういうことじゃなくて、お腹の痛みは楽になったんだけど、なんて言うか、痛みの原因が下に向かったみたいで」

しどろもどろに弁明しながら、何を言っているのかと自分でもあきれる。血液ではなく、腹痛を起こした菌が海綿体を満たしたとでもいうのか。

ところが、まさみはさらに妙な解釈をしたらしい。

「あ、それじゃあ、溜まったモノを出せば楽になるかもしれませんね」

納得顔でうなずくなり、充義のベルトに手をかける。

「え、ちょっと――あ、ううう」

抗おうとするなり激しい腹痛がぶり返し、たまらず呻いてしまう。そのせいで、彼女は一刻も早くという心境になったようだ。

「もうちょっと我慢してくださいね」

ズボンとブリーフに手をかけ、まとめて引き下ろす。下半身をあらわにされても、充義はまったく抵抗できなかった。腹痛のせいばかりでなく、まさみの言葉が気になったためもあった。

（いや、溜まったものを出すって——）

ひょっとしてと思ったのと同時に、膨張していた牡器官を握られる。

「あうう」

快さにまみれた分身が、ビクンビクンとしゃくり上げる。さっき、夕紀恵の口内にたっぷりとほとばしらせたばかりだというのに、海綿体は限界まで血液を集めた。

「やん、硬い。ホントにいっぱい詰まってる感じ」

手にした屹立に怯えた眼差しを見せたまさみに、充義は困惑した。

（この子、勃起したチ×ポを見たことがないのか？）

二十四歳と若くても、人妻なのである。夫婦の営みだってこなしているのだろうし、夫のモノを愛撫したことだってあるはずだ。

なのに、どうしてこんな反応を示すのか。

「あの……旦那さんのそこを、さわったことがないの？」

我慢できずに問いかけると、彼女がうろたえる。

「な——あ、あるに決まってるじゃないですか」

恥じらいつつも、手にした強ばりを焦り気味にしごく。充義はたまらず「むふっ」と鼻息をこぼした。

「いや、だったら——」

「でも、ウチの主人のは、こんなに硬くならないです」

この返答に、充義はもしやと閃いた。

「中谷さんの旦那さんって、ひょっとして年上？」

「はい。十五歳違いますけど」

ということは、夫は四十路近いのか。それだとペニスも、若い頃ほどには硬くならないかもしれない。

充義とて三十六歳と、決して若くないのである。股間が元気なのは、異性との親密な交流に慣れておらず、昂奮が著しいからだ。

ともあれ、まさみが戯れ言を真に受けたのは、自身のミスで食中毒を起こしたと信じ込み、罪悪感を抱いたからではないのか。回復するのなら、どんな方法でも試す心づもりでいるようだ。

あるいは、お腹を撫でたら腹痛が改善したから、股間を撫でたら快感が大きいぶん、もっと良くなると思ったのか。でなければ、今日が初対面の男の性器を、簡単に握ったりはしまい。

「アレが出れば、痛みも楽になりますよね？」

若妻が手の動きをリズミカルにする。さらに、もう一方の手を陰嚢に添え、揉みほぐすことまでした。

（いいのかよ、こんな……）

快感を与えられつつも、充義は躊躇せずにいられなかった。

くだらない言い訳をしたせいで、純真なまさみに淫らな奉仕をさせることになったのだ。要は自らが撒いたタネであり、そのせいで別のタネを撒き散らす羽目になるなんて。

その一方で、結果オーライだと浮かれる部分もあった。何しろ、ひと回りも年下の若妻に愛撫されているのである。

（こんな若い奥さんからイイコトをしてもらえるなんて、幸せな旦那だよな）

たとえ四十路間近であっても、自分ならギンギンになるのに。と、まさみの夫に羨望を抱く。

まったく不公平な世の中である。よって、ちょっとぐらい幸せのおすそ分けをもらっても罰は当たるまい。充義は自らに弁明した。

「これ、硬すぎます」

まさみがつぶやく。亀頭が今にも破裂しそうに膨張した肉根は、血管を浮かせた胴体もガチガチで余裕がない。そのため持て余しているふうだ。

だったらと、充義は提案した。

「あの、ツバを垂らして、それでこすってもらえる?」

「え、ツバ?」

「すべりがよくなればやりやすいだろうし、おれも気持ちよくなって、早く出ると思うから」

「ああ」

なるほどというふうにうなずいた彼女が、屹立の真上に顔を移動させる。口許をモゴモゴさせたあと、泡混じりの唾をたらりと滴らせた。

(おおぉ)

温かなトロミが、敏感な器官にまといつく。若い人妻の清涼な唾液ゆえ、背徳感を抱かずにいられなかった。

「それじゃ、しますね」

自身の口から出したものを潤滑剤にして、まさみが屹立をヌルヌルとこする。

まだ足りないと感じたか、新たな唾液を追加することまでした。

「うおお」

充義はたまらず声を洩らし、腰を上下にはずませた。

「気持ちいいですか?」

奉仕しながらの健気な問いかけに、「うん、すごく」と声を震わせる。

「それじゃ、悪いものを全部出してくださいね」

素直すぎるまさみに、ちょっぴり罪悪感を覚える。けれど、あれは適当なことを言っただけだと正直に打ち明けるには、手コキがあまりに気持ちよすぎた。

(まあ、あの親子丼で腹が痛くなったのは、間違いないんだし)

何より、充義がしてくれと求めたのではない。唾を垂らしてもらったことを別にすれば、彼女が自主的に始めたのである。

だから許されるのだと自らに言い聞かせ、与えられる悦びにからだを波打たせる。玉袋も優しくモミモミされたから、終末まで長くかかりそうになかった。

(いや、それはもったいないぞ)

充義は気を引き締め、上向きの射精欲求を抑え込んだ。せっかくだからもっと長く愉しみたいと、浅ましい心が頭をもたげたのだ。

さらに、破廉恥な企みも閃く。その時点で、腹痛はだいぶ引いていた。

まさみは唾液を追加し、手の上下運動もリズミカルにした。潤滑剤が摩擦で泡立ち、ヌチュヌチュと卑猥な音をたてる。快感はかなりのもので、爆発を堪えるのに多大な忍耐が必要だった。

それでも我慢した甲斐あって、カウパー腺液こそ多量に溢れたが、射精は回避できた。

「まだ出ないんですか？」

若妻が表情を曇らせる。腕が疲れたらしく、握り手を変えた。

「うん。もうすぐだと思うんだけど」

今にも達しそうなのを包み隠し、眉間にシワを寄せる。何かが足りないと、暗に訴えるために。

「どうすれば出るんですか？」

その問いかけを待っていたのである。充義はすぐさま彼女に提案した。

「もう少し昂奮させてもらえれば、すぐに出るよ。たとえば、おれの顔に坐ってくれれば」

「え、顔に坐るって？」

「言ったとおりの意味だけど。おれを跨いで、顔におしりを乗っけてくれればいいんだ」

何を求められたのか、まさみは直ちに理解したようである。頬を赤らめ、目を落ち着かなく泳がせた。

「そ、そんなこと——」

拒む間を与えず、畳み掛ける。

「もちろん、下着は脱がなくていいよ。中谷さんのおしりの柔らかさを感じられれば、それだけで昂奮するから」

譲歩した上での要求だと訴えたことで、断りづらくなったのだろう。彼女は迷いを浮かべ、手にした肉根と充義の顔を代わる代わる見つめた。泣きそうに目を潤ませて。

可哀想かなと、良心がわずかに痛む。けれど、こうなる原因を作ったのはまさみなのだ。そのことは本人も自覚しており、断れないはずである。

それに、言われずとも自らペニスをしごいたぐらいだ。パンティを脱がないのならいいかと、簡単に諦めるに違いない。

充義の目論みどおり、まさみは渋々というふうにうなずいた。

「わかりました……で、でも、パンツは脱ぎませんからね」

「うん。そこまで恥ずかしい思いはさせないよ」

充義は恩着せがましく言った。若い女性にとっては、男の顔に尻を乗せるだけでも充分恥ずかしいのに。

「それじゃ」

彼女が腰を浮かせる。するのならさっさと終わらせようと考えたのか、ペニスを握ったままからだの向きを変え、男の頭を膝立ちで跨いだ。

(おおおっ)

眼福の光景に、充義は目を瞠った。

真下から若妻のスカートの中を覗いたのである。こんなこと、普通ならまず経験できない。ほのかに乳くさい、内腿のかぐわしさにもうっとりする。

赤いパンティは、後ろの部分がシースルーだった。割れ目がばっちり透けている。それ以上に驚かされたのは、クロッチにいびつなかたちの濡れジミがあったことだ。

(おれのをしごきながら、昂奮してたのか?)

シミの大きさからして、かなり蜜汁が溢れているようである。早いうちから、そこが潤っていたのではないか。

「み、見ないでください」

劣情の証を見つけられたと悟ったのか、まさみが焦りをあらわに坐り込む。

「むふぅ」

柔らかな重みをまともに受け止め、鼻から口を湿った陰部で塞がれる。酸素を確保するべく反射的に息を吸い込めば、牡を昂らせる香りが鼻奥にまで流れ込んだ。

(ああ、素敵だ)

親しみのあるチーズのかぐわしさ。それほどクセのない、ミルクっぽいフレーバーである。

その奥に、汗を煮詰めたようなケモノっぽい成分が、わずかにひそんでいた。

それから、オシッコの残滓《ざんし》であろう磯くささも。

(これが中谷さんの匂いなのか)

若妻らしい清らかさと慎みが好ましい。熟女妻の生々しい秘臭を知ったあとでは、少々もの足りなかったのは否めないが、これはこれでいいものだ。

(できれば、おしりはもう少し大きいほうがよかったたな)

こちらも夕紀恵ほどのボリュームはなく、重さももっとほしい。まあ、顔面騎乗をしてもらえただけでも幸運なのであり、多くを望むのは贅沢というもの。

「は、早く出してください」

まさみが強ばりを乱暴にしごく。居たたまれないらしく、ヒップを落ち着かなく揺らしながら。

「むぅ」

口を塞がれて声が出せないので、呻《うめ》いて返答する。そのとき、クロッチの蒸れ具合が増しているのに気がついた。

恥割れに溜まっていた愛液がこぼれたのかと、最初はそう思った。だが、意識してかしないでか、彼女は恥ずかしいところを充義の口許にこすりつけているようなのである。

それこそ、自ら快感を求めるがごとくに。

（ひょっとして、いやらしいことがしたくなってるんじゃないか？）

腹痛を治すために手淫奉仕をしていたはずが、いつの間にか秘部を濡らしていたのである。今はさらに破廉恥な体位で、男の顔に羞恥帯を密着させているのだ。下着を脱いでいなくても、欲望が募るのは必然かもしれない。

ならばと、充義は頭を動かし、鼻面を女芯にいっそうめり込ませた。

「はうッ」

艶めいた声を洩らした若妻が、柔らかな内腿を強ばらせ、ピクピクと痙攣させた。間違いなく感じている。

「だ、ダメ……」

などと口にしながらも、腰を浮かそうとしない。それどころか、さらに重みをかけてくる。

もっとしてほしいのだとわかって、充義は鼻の頭で恥割れをこすり続けた。

「あ、あっ、あふぅ」

まさみが切なげに喘ぎ、腰をいやらしく回す。陽根を愛撫する手つきにも、情感がこもってきた。

クロッチの湿りも著しくなる。チーズ臭が濃密になり、ヨーグルトっぽい酸味が強まった。まさに乳製品の博覧会だ。

(ひょっとして、こうなるとわかっていたからためらったのかも)

おしりを顔に乗せる羞恥よりも、感じて乱れることを恐れたのではないか。にもかかわらず言われたとおりにしたのは、悦びを求める本能に勝てなかったためかもしれない。

だったらもっとよくしてあげようと、濡れたクロッチ越しに恥ミゾを抉る。鼻を縦にも横にも動かして。

「あああ、し、しないでぇ」

あられもなくよがる声に煽られ、充義は夢中になって濡れ苑を責め立てた。自身が高まっていたことも忘れて。

（あ、まずい）

気がついたときには、後戻りができないところまで上昇していた。

「むふっ、むううう」

全身をガクガクと揺すったことで、まさみも絶頂するのだと悟ったらしい。

「だ、出して。早く」

火の点きそうな勢いで、強ばりを摩擦する。敏感なくびれの段差部分を、指の側面がくちくちとこすりあげた。

それにより、蕩ける愉悦がすべての感覚を支配する。

「むうううぅ」

足りない酸素を淫臭とともに吸い込んだところで、忍耐が砕け散った。

びゅるッ――。

熱い滾《たぎ》りがほとばしる。強烈な射精感で、頭の中が真っ白になった。

さらにドクドクと放精が続く。そのたびに、体軀が電撃を喰らったみたいにわないた。

(ああ、すごく出てる)

辱めのお返しをするみたいに、まさみの手が休みなく上下する。爆発を我慢していたぶん、さっき夕紀恵に飲まれた以上の量が絞り出される感覚があった。

「むふぅ……」

太い鼻息をこぼしたところで分身が解放され、顔が軽くなる。視界が開け、愛らしい童顔が覗き込んできた。

「うう……戸渡さんのエッチ」

若妻になじられても心が痛むことなく、むしろ泣きそうな面差しにドキドキする充義であった。

3

飛び散った青くさいザーメンが拭われるあいだ、充義は蒲団の上でだらしなく手足をのばしていた。オルガスムス後の虚脱感が、それだけ著しかったのだ。

気がつけば、腹痛は完全に治まっていた。

（本当に痛みのモトが、精液といっしょに抜けたのかもしれないな）

などと、あり得ないことを考える。

「ふう」

ティッシュをかなり浪費してから、まさみがひと息つく。エプロンをはずし、濡れた目で充義を見つめた。

「脱いでください」

「え？」

「ワイシャツ。汚れたから、お洗濯します」

そこに精液が飛び散ったのは、拭われたからわかっていた。だが、洗濯までしてもらうのは申し訳ない。

「いや、そこまでしなくてもいいよ」

「遠慮しないでください。どうせわたしのも洗わなくちゃいけないんです。乾燥機もありますから、すぐに乾きます」

そう言って、彼女がエプロンをはずす。そちらにも青くさい牡汁が付着したらしい。そのまま帰ったら、夫に怪しまれるのは必至だ。

だったら自分のもついでにと、充義はからだを起こしてネクタイを取り、ワイシャツのボタンをはずした。ふと視線を向けたとき、まさみが膝立ちになってスカートを脱ぎかけていたものだからドキッとする。

（え、どうして？）

そちらにもザーメンが飛んだのだろうか。

あらわになった下半身は、白い肌に赤いパンティが映えて、いっそうなまめかしい。劣情を刺激され、思わずコクッと生ツバを呑んだ。

だが、彼女が薄いニットまでたくし上げたのを目撃し、さすがに焦る。

（それも脱ぐのか？）

胸当て付きのエプロンをしていたから、そっちも汚れたとは考えにくい。ただ、淫らな戯れで汗ばんだかもしれず、どうせだからとまとめて洗濯することにしたのかもしれない。

若妻のブラジャーは淡い水色で、パンティとお揃いではなかった。いかにも普段のまとうふうで、日常に直結するエロティシズムを感じる。

もうひとつ目を惹いたのは、彼女のおっぱいである。ブラのカップのあいだに、くっきりと谷間が刻まれている。エプロンで隠れてわからなかったのだが、かなり巨乳のようだ。

下着姿になったまさみが、すっくと立ちあがる。自分が脱いだものと、充義のワイシャツを手にすると、

「こっちに来てください。あ、下は穿かなくていいですから」

どこか冷めた口調で告げる。有無を言わせぬ迫力を感じて、充義はフルチンのまま彼女のあとに続いた。

茶の間の奥は台所で、右手側にドアがある。そこは洗面所兼脱衣所であった。店の方は改装されていたが、住居部分はかつての経営者が使っていたままのようだ。それでも、置いてある洗濯機はドラム式で、まさみが言ったとおり、そのまま乾燥もできるタイプらしい。

若妻はその中に、手に持っていた衣類をすべて入れた。さらにブラジャーをは

ずして、パンティも無造作にヒップから剝きおろす。

（わわわっ）

目の前で、若い女性が素っ裸になったのである。充義はうろたえ、焦って顔を背けた。

ところが、彼女は平然としていた。たわわに実った乳房も、下腹に逆立つ漆黒の恥叢も隠すことなく。

「戸渡さんも裸になってください」

「え、どうして？」

「汗をかいたから、シャワーを浴びるんです」

まさみは脱いだ下着をネットに入れ、洗濯機に放り込んだ。スピード洗いを選んでスイッチをオンにしてから、浴室の引き戸を開ける。どうやら衣類だけでなく、肉体の証拠も湮滅するつもりらしい。

「早くしてください」

急かされて、充義は気圧されるように「わかった」とうなずいた。女性のほうが一糸まとわぬ姿になったのに、ためらっていては男が廃る。

だいたい、すでに下半身はすっぽんぽんだ。ペニスを見られたばかりか、愛撫されて射精に導かれたのである。裸になるぐらい、今さらどうということはない。

覚悟を決め、シャツを頭から抜く。全裸になり、ふたりで浴室に入った。

そちらも石のタイルを用いた古めかしい造りだったが、汚れやカビは見当たらない。旧式ながら、ガス給湯のパネルとシャワーもあった。

壁からはずしたノズルを手にして、まさみが蛇口をひねる。ガスが点火する鈍い音がして、少し待つと水流から湯気が立ちのぼった。

(ここの洗濯機やお風呂も、夕紀恵さんたちのグループが普段から使っているみたいだな)

そうたびたびではないにせよ、仕事で汚れた衣類を洗ったり、汗を流したりしているのではないか。事実、置いてあるシャンプーやボディソープは、いかにも女性向けというものであった。

だからこそ、まさみもこうして利用しているのだろう。シャワーノズルを手に年上の男と向き合うと、肩からお湯をかけてくれた。

「熱くないですか?」

「ちょうどいいよ」

滴るお湯にそって、彼女が手のひらで肌を撫でる。若妻の奉仕に、充義はうっとりして目をつぶった。

「気持ちいいですか？」

「うん。とっても」

全身をざっと流してから、まさみがボディソープを手に取り、手でヌルヌルとこすってくれる。それもまた、背すじが震えるほどに快かった。

見おろせば、グレープフルーツほどもありそうな乳房が、からだの動きに合わせてぷりんぷりんとはずむ。乳暈は淡いワイン色で、ツンと突き立った乳首は存在感があった。

まるで、早く吸ってとせがむみたいに。

思わず手をのばしそうになったものの、充義はかろうじて思いとどまった。健気に奉仕してくれる彼女に、失礼な気がしたのだ。

（ていうか、どこまで洗ってくれるんだ？）

あるいはペニスもと考えるなり、その部分がヒクンと反応する。

（おい、調子に乗るなよ）

充義は分身を戒めた。ついさっき多量にほとばしらせたばかりか、その前にも熟れ妻のフェラチオで昇りつめたのだ。なんて図々しいのかと、まさみもあきれるに違いない。

もっとも彼女は、夕紀恵がこっそり充義と交歓していたなんて、知らないのであるが。

「後ろを向いてください」

柔らかな手が下半身に至る前に、そう言われる。

（ま、そうだろうな）

あるいはまさみも、さっきはやりすぎたと後悔しているのかもしれない。淫らな戯れは、もうおしまいということなのだろう。

若妻は献身的であった。充義の背中も、手で優しく洗ってくれる。臀部もすりすりと撫で、割れ目部分にも指を入れて清めてくれた。

「むうう」

アヌスを軽くこすられて、くすぐったい快美が生じる。反射的に臀裂がすぼまり、鼻息がこぼれた。

（そんなところまで洗ってくれるなんて……）

家庭でも、旦那さんに尽くしているのだろうか。羨ましく、妬ましかった。

背徳的な刺激で秘茎がふくらむ。垂れ下がったまま、容積が倍近くになった。

（これ、見られたらまずいぞ）

おしりの穴をこすられて感じたのかと、蔑まれるかもしれない。このまま背中を向けていようと思ったにもかかわらず、

「こっちを向いて」

と、命じられる。拒む理由が見つからず、仕方なく充義は回れ右をした。その途端、

「ううう」

目のくらむ快美が襲来し、たまらず呻いてしまう。白魚の指が、膨張しかけたペニスを捉えたのだ。しかも、シャボンのヌメりを利用して、ヌルヌルとこすりたてる。

「くああ」

膝が笑い、よろけそうになる。どうにか踏ん張ったものの、勃起を抑え込むことはできなかった。

何しろ、まさみは牡の性器に両手を添え、陰嚢も揉むように愛撫したのだ。

（ああ、そんな）

募る快感に呼吸が乱れる。目の奥に火花が散るようだった。

それは愛撫ではなく、単に清めただけだったらしい。海綿体が血液を集め、肉根が上向いたところで手がはずされた。

（え、もう終わり？）

いきなり放り出されて戸惑う充義に、再びシャワーのお湯がかけられる。泡をすべて流されて、本当にこれで終わりなのだとわかった。

（……ま、しょうがないか）

さっき、あんなに気持ちよくしてもらったのだ。多くを望んだら罰が当たる。ピンと立った秘茎が不満げに頭を振るものの、ここは諦めてもらうしかない。

充義を洗い終えると、まさみは自身にシャワーを向けた。お湯のみで肌を清めるのをしばらくぼんやりと眺めてから、ふと疑問を覚える。

「ボディソープを使わないの？」

訊ねると、彼女がわずかに眉をひそめた。

「石鹼の匂いをさせて帰ったら、主人に怪しまれますから」

だが、こうして職場にシャワーがあるのだ。忙しくて汗をかいたから洗ったと、説明すればいいのではないか。

もっとも、よんどころない事情があったとは言え、客の男のペニスをしごいたのである。下着こそ脱がなかったものの、顔面騎乗なんて破廉恥なこともやってのけたのだ。

なまじ後ろめたいことがあるものだから、少しでも疑われたくないのだろう。その心情は理解できたものの、自分ばかりが至れり尽くせりで施しを受け、充義は申し訳なくなった。

「おれにもシャワーを貸して」

申し出ると、まさみが怪訝な面持ちを見せる。

「え、どうしてですか?」

「今度は、おれが洗ってあげるから」

彼女は躊躇する素振りを見せたものの、案外あっさりとノズルを渡した。誰かに触れられたい気持ちが高まっていたのではないか。

その証拠に、充義が濡れた肩をそっと撫でただけで、柔肌をピクンとわななかせた。

(ああ、いい感じ)

若いだけあって、肌の張りとなめらかさが抜群だ。かけられる水流もたちまちはじいて、筋ではなく玉になってこぼれ落ちる。

「気持ちいい？」

問いかけに、無言でうなずくのが愛らしい。頬が赤らみ、心なしか呼吸がはずんできたようだ。

（本当に感じてるみたいだぞ）

だったら、どこをさわっても拒まないのではないか。試みに、重たげな乳房を捧げ持つようにしても、されるままになっていた。

ならばと、小指の先ほどの突起をつまんで転がす。

「くぅうーン」

子犬が甘えるみたいな声をこぼし、まさみが切なげに眉根を寄せる。抵抗することなく、愛撫に身を任せた。

（その気になってるみたいだぞ）

充義もたまらなくなり、シャワーノズルを壁に戻した。今度は両手で双房を揉み、突起を指の股に挟んで圧迫する。

「あ、あっ」

艶声が浴室のタイルに反響した。

「いいおっぱいだね」

褒めると、上目づかいで「エッチ」となじる。そのくせ、若腰はモジモジとくねっているのだ。

（エッチなのはどっちだよ）

こっちもそっちもエッチだと、語呂合わせみたいに胸の内でつぶやく。乳頭が硬くなって赤みを増す。いっそう感じやすくなったようだ。

「あふ……ふう」

まさみが呼吸をせわしなくする。眼差しも淫らに蕩けてきた。

「もう、エッチなんだから」

いよいよ我慢できなくなったふうに、牡の股間に手をのばす。下腹にへばりつかんばかりに反り返っていた強ばりを握り、「あん、すごい」と吐息交じりに言った。

「さっき、あんなにいっぱい出したのに」

おそらく四十路近い夫は、一度出したらその日はおしまいなのだろう。短時間で復活し、しかも逞しさを誇示する肉根に、心を揺さぶられている様子だ。

しかしながら、表情にはどうしようという迷いが浮かんでいた。そう簡単には夫を裏切れないらしい。

ならば、欲しくてたまらないというところまで、感じさせればいい。女性に対して消極的だった充義が、ここまで積極的になったのは、夕紀恵との経験が男として成長させてくれたからであろう。

「後ろを向いて」

告げると、若妻が「え?」と戸惑いを浮かべる。だが、充義がシャワーノズルを手に取ったことで、背中を流されるのだとわかったらしい。

あるいは、このままペニスを握っていたら、道を踏みはずしそうだと危ぶんだのではないか。手を離した彼女の表情には落胆と、安堵の両方が浮かんでいた。

「じゃあ、お願いします」

今さら乳房を両腕で庇い、充義に背中を向ける。またやり過ぎたと、悔やんでいるかにも見えた。

だが、これで終わりになんてさせない。

最初はおとなしく背中を撫でていたものの、腰から下は指先で軽くつまむような、ソフトタッチで責める。アダルトビデオで学んだテクニックであるが、風俗嬢にも同じサービスをされて、身をくねらせるほど気持ちよかったのだ。

そして、まさみもかなり感じてくれた。

「ああん、くすぐったい」

などと言いながら、腰がいやらしく揺れている。臀部の丘にも同じ愛撫をすると、「きゃんッ」と悲鳴がこぼれた。

「いやぁ、エッチぃ」

逃げようと思えば逃げられるのに、なじりながらも彼女はされるままだ。ぷりぷりとはずむ小ぶりのヒップは、もっとしてと暗に求めていた。

煽情的な反応に、充義の昂りもヒートアップする。指を割れ目に忍ばせると、尻肉がキュッとすぼまった。

「やん、そこは――」

一瞬、抗う素振りを見せたものの、やはり逃げない。恥ずかしいツボミをこすっても、「ヘンタイぃ」となじるだけで、むしろ心地よさげにキュッキュッと収縮させる。

（中谷さんも、おしりの穴が感じるのかも）

もっとも、夕紀恵ほどには乱れそうにない。くすぐったいと気持ちいいの境界を、行ったり来たりしているふうだ。

「おしりを突き出して」

命じると、素直に従う。「もっと」と言うと、壁に両手をついて、腰を九十度近くまで折った。

自ら大胆なポーズを取ったのは、からだが男をほしがっている証拠だ。

(もう、たまらなくなってるんだな)

指を秘芯へ移動させれば、お湯とは異なるヌルヌルした液体がこぼれていた。

「あふぅ」

濡れた裂け目がなまめかしくすぼまる。もはや抵抗の意志すら示さず、まさみは脚を開くことまでした。

(よし、だったら)

充義は彼女の真後ろに膝をついた。

あらわに晒された蜜の園は、ぷっくりした盛りあがりが縦に裂け、二枚重ねの花弁がちょっぴりはみ出している。陰唇の両サイドには恥毛がなく、人妻なのにあどけない眺めだ。

けれど、愛液のヌメりを帯びることで、淫らさが増している。

顔面騎乗をされたときにも嗅いだチーズ臭が、むわむわと漂ってくる。シャワーのお湯を浴びただけで、そこはちゃんと洗っていなかった。匂いまでは流されなかったようだ。

もちろん充義には、そのほうがずっと好ましい。

(ああ、いい匂いだ)

パンティ越しに嗅いだものより、幾ぶん酸味が強いようだ。遮《さえぎ》るものがなくなったせいなのだろうか。

「え、な、何してるんですか?」

振り返ったまさみが驚きの声を発する。指で愛撫されるだけだと思っていたようだ。

「ここも綺麗にしてあげるよ」

「え、綺麗にって……」

「おれにまかせて」

ふっくらした丸みに両手を添えると、充義は中心に顔を埋めた。

「キャッ、だ、ダメ――」

逃れようとしたヒップをがっちりと抱え、かぐわしい秘苑に舌を這わせる。

「あ、あ、くぅうう――ン」

若妻の声のトーンが変わり、頬に当たる双丘が強ばった。抗ったわりに、しっかり感じているようだ。

秘肉の裂け目に溜まった蜜汁を、舌に絡め取る。代わりに唾液を塗り込め、充義はほんのり塩気のある女芯を味わった。

(ああ、美味しい)

丹念にねぶることで、まさみが乱れだす。

「だ、ダメ、そんなにしたら……ああ、へ、ヘンになっちゃう」

粘膜がかなり敏感なようで、若尻が感電したみたいにわななく。だったらクリトリスはどうかと、舌先で包皮を剝き、直に転がした。

「あああ、そ、そこぉ」

色声が甲高く響き渡る。それだけ快感が大きいのだ。

(やっぱりここが気持ちいいんだな)

ちゅぱちゅぱと音が立つほどに吸ってあげると、彼女はいっそう乱れた。

「イヤイヤ、それ、よ、よすぎるぅ」

呼吸を荒くし、ヒップを左右だけでなく上下にも振り立てる。充義はどうにか食らいつき、クンニリングスを続けた。

「あ、あふぅ、もう――」

いよいよ極まってきたふうな喘ぎ声に、終末が近いのだと悟る。

（もっとよくなって）

イカせるつもりで舌の律動を激しくすると、

「も、もうやめて」

涙声で頼まれる。無視できなかったのは、どこか苦しげだったからだ。

（やっぱり、旦那さんを裏切れないのか）

夫への操を立てるため、せめて絶頂は避けたいのか。そう思い、素直に口をはずしたのであるが、

「舐めるのはもういいから……挿れて」

と、新たな要請があった。

「え、挿れる？」

「……オチ×チン、まだ硬いまんまですよね」

その言葉で、セックスを求められたのだとわかった。口淫奉仕で昇りつめるのは恥ずかしいのかもしれない。

「もちろん、ギンギンだよ」

「じゃあ、挿れてください」

年下らしく丁寧なお願いをしながらも、若腰は急かすようにくねっている。逞しいモノを受け入れたくて、ほんの少しも我慢できないようだ。

ならばお望みどおりにと立ちあがり、反り返る分身を前に傾ける。ふくらみきった頭部で濡れ割れをこすると、それだけで感じたみたいに「ああん」と声を洩らした。

「お、お願い、早く」

待ちきれないというふうなおねだりに応え。濡れ穴をひと思いに貫く。

「きゃうううウゥッ！」

鋭い嬌声がほとばしり、若妻の裸体が細かく震える。牡を咥え込んだ蜜窟がすぼまり、充義にもうっとりする快さをもたらした。

（うう、キツい）

まだ若いから中が狭いのか。けれど、それればかりでもなく、じんわりとくる温かさや柔らかさが相まって、極上の快楽をもたらしてくれる。このままじっとしているだけで、頂上に至りそうな予感すらあった。

しかし、それではまさみが満足しまい。

「はうう、い、いっぱい」

体内の肉根をキュウキュウと締めあげ、彼女が切なげに身をよじる。それから、涙に濡れた目で振り返った。

「つ、突いて……ズンズンしてください」

あられもない言葉遣いで抽送をねだる。充義は全身に劣情が漲るのを覚え、腰をゆっくりと退かせた。

逆ハート型のヒップの切れ込みに、濡れた筒肉が現れる。白いカスのようなものが、わずかに付着していた。

それを高速で、膣の中に戻す。

「きゃふンッ！」

まさみがのけ反り、愛らしい声で啼く。若くても、膣感覚は充分に開発されているようだ。

「はうう、か、硬いオチ×チン、もっとぉ」

はしたないリクエストに、強烈なピストンで応じる。浴室内に若妻のよがり声と、肉のぶつかり合う音が反響した。

「あ、ああっ、う──くふぅううう」

パンパンパンパン……。

小気味よいリズムに、愛液の泡立つ音が交じる。卑猥な音に満たされて、日常的な狭い空間が、充義には色めいたパラダイスに映った。

（ああ、すごくいい）

尻の谷に見え隠れする分身に、白い濁りがべっとりとまといつく。そこから淫らさを増した匂いがたち昇ってきた。

煽られて、出し挿れの動作がせわしなくなる。柔ヒダにこすられるペニスが、蕩ける快美にまみれた。

「ああん、す、すごすぎるぅ」

すすり泣き交じりによがるまさみは、膝が不安定に揺れている。感じすぎて、立っているのも困難になった様子だ。

しかしながら、この場所では他の体位は難しい。

いっそ茶の間に戻って、改めて抱き合おうか。そう考えたところで、

「イヤイヤ、い、イッちゃう」

彼女が極まった声をあげた。

（ようし、イッちゃえ）

感覚を逃さぬよう、腰振りのリズムをキープして女体を責め苛む。結合部から

こぼれる、ヌチュヌチュという粘つきが大きくなった。

「あ、あああっ、イク、ホントにイッちゃうぅ」

腰をガクガクとはずませて、若妻は歓喜の頂点へ至った。

「イクイクイク、ふは――あああああっ！」

高らかなアクメ声を放ち、全身を強ばらせる。「う、ううっ」と呻いたのち、腰をさらに深く折った。

まさみが昇りつめたとき、いっそう締まった内部が波打つように蠢き、充義も爆発するところであった。だが、彼女をイカせるのが先だと、懸命に堪えたのである。

無事に絶頂させられたから、もう遠慮することはない。肌のあちこちをピクピクと震わせる女体を、充義は間を置かずに突きまくった。

「いやぁ、も、イッたのにぃ」

まさみが息を荒ぶらせて非難するのにも、聞く耳を持たない。なおも心地よく締めつけてくれる蜜穴を、欲望に任せて抉る。

それにより、彼女が再び上昇に転じた。

「あああ、ま、また――」

体勢を立て直し、牡の責めを受け入れる。呻き、喘ぎ、髪を振り乱した。

「だ、ダメ……おかしくなっちゃう」

どうやら、一度目よりも高い位置まで上昇しているらしい。

(うう、おれも)

充義にもオルガスムスが迫っていた。できれば一緒に果てたいと、まさみの反応を窺いながら陽具を出し挿れする。

「わ、わたし……もうダメ。イッちゃう」

白い背中が弓なりになり、蜜穴の締めつけも著しくなった。イキそうなのだ。

「おれも出そうだ」

ピストンのリズムをキープしたまま告げると、まさみが焦った面差しで振り返った。

「な、中はダメですよ」

危険日なのか。あるいは、最後の貞操を守るため、中出しまでは許可できないのか。

どちらにせよ、希望に反することはしたくない。

「わかってるよ」

言葉で安心させ、なおも抽送を続ける。彼女が達してから抜くつもりであった。

「イク、あああ、イクの。またイッちゃううぅぅ」

高潮の波に巻かれた若ボディが、ガクンと大きくはずむ。膝を折って崩れ落ち、浴室の床に坐り込んだ。

そのため、ペニスが膣から抜ける。

(あ、そんな)

置いてきぼりを喰った分身を急いで握り、三度ほどしごいたところで堰《せき》が切れた。

「むふふふぅ」

太い鼻息がこぼれる。充義は腰が砕けそうなのを堪え、目のくらむ愉悦に身を委ねた。

びゅくんっ——。

本日三度目のほとばしりが、若妻の白い背中にかかる。さすがに水っぽくなっていたようだが、快感は変わらず大きかった。

青くさい匂いが悩ましいほど漂う浴室で、男女が絶頂の余韻にひたる。深い息づかいのみが、静かに流れた——。

身繕いを済ませて店に戻ると、点けっぱなしのテレビが報道番組を流していた。

「あ――」

充義が思わず声をあげたのは、見覚えのある場所が映されていたからだ。会社の近所で、お昼の弁当を買った店ではないか。

なんと、そこで食中毒が発生したというニュースであった。

(てことは、おれの腹痛の原因は……)

ここの親子丼ではなく、昼に食べた弁当のせいだったらしい。

「どうかしたんですか?」

まさみが怪訝な面持ちで訊ねる。表情がどこか暗いのは、不貞行為を悔やむ気持ちがぶり返しているためだろう。

だとすると、料理に問題がなかったと知ったら、激怒するのではないか。

(ここは言わないほうがよさそうだぞ)

思ったものの、いや、待てよと考え直す。

(言わずにおいたら、中谷さんは自分のせいで食中毒を出したって、ずっと罪悪感を持つことになるんだよな)

もしかしたら、ここで働く資格はないと思い悩み、辞めてしまうかもしれない。そうなったら気の毒だ。

「あの、実は――」

充義は責められるのを覚悟で打ち明けた。ニュースに出ている店で昼の弁当を買ったことと、腹痛の原因はそれであろうことを。

「それじゃあ、わたしの料理には問題がなかったってことなんですか？」

まさみが目をまん丸に見開く。続いて気が抜けたように俯き、深いため息をこぼした。

（そら、来るぞ）

弱みにつけ込み、淫らな行為に誘ったのをなじられるのではないか。

もちろん、充義は知らなかったのである。そもそもブリーフを脱がしてペニスをしごいたのは、彼女のほうなのだ。

とは言え、人妻と肉体関係を結んだのは事実。調子に乗っていたのは間違いなく、責められても仕方がない。

ところが、

「ああ、よかった」

まさみが安堵の声を洩らしたものだから、「え？」となる。

「あんなことになって、わたし、この店を辞めなくちゃいけないんじゃないかって心配してたんです。でも、その必要はないんですね」

「え、ええ」

「ありがとうございます、戸渡さん」

両手をぎゅっと握られ、キラキラした眼差しを向けられる。お礼を言われる筋合いなどないというのに。

（……ま、いっか）

充義は戸惑いながらも、喜びをあらわにする若妻にほほ笑みかけた。

第三章　悩み多き熟れごろ

1

今日も充義は「まぁまぁ屋」に立ち寄った。

少なくとも週に二回はここで夕飯を食べているから、もはや常連と言えたであろう。日替わりでメニューと調理を担当する、主婦グループの面々とも顔馴染みになった。

相変わらず残業ばかりで、店に入るのは常に遅い時刻である。そういう疲れたときにこそ、美味しい家庭料理で癒やされたくなるのだ。

そのため、だいたい充義が最後の客になる。

運がいいと、残ったぶんをサービスしてもらえることもあった。子供以外は年配のお客がほとんどで、食欲旺盛な男性客がさほどいないためもあったらしい。

とは言え、別の気持ちいいサービス、夕紀恵やまさみと体験したような性的な戯れは、あれっきりであった。

彼女たちが担当のときに、来店したこともあったのである。けれど、他にお客や手伝いの仲間がいるなどして、ふたりっきりにはならなかった。

いや、一度だけ、まさみとは閉店時刻までふたりだけになった。しかしながら、彼女には端っから、そういう行為に及ぶつもりなどなかったらしい。態度もごく普通であったし、あの件を匂わせすらしなかった。

というより、思い出したくなかったのかもしれない。夫を裏切ったことを悔やみ、忘れることにしたのではないか。

正直、残念ではあったものの、ふたりとも人妻なのだ。こちらから不貞の関係を求めるわけにはいかない。

そもそもが、間違っても恋仲にはなれないのだから。

美味しくて栄養のバランスがいいものを、定期的に食べられるだけでも幸せなのである。しかも、人妻たちの手作りなのだ。

いい店が近所にあってよかったと思いながら、充義は今日も入り口の引き戸をカラカラと開けた。

「いらっしゃいませ」

迎えてくれた声に、胸が温かくなる。今日のメニューは何かなと、わくわくする気持ちも高まった。

「あら、戸渡さん、こんばんは」

前のお客が帰ったばかりなのか、テーブル席を片付けていたのは、相葉辰美《あいばたつみ》であった。時間が遅かったから、手伝いの者も帰ったらしい。他には誰の姿もなかった。

「こんばんは。まだ食事は残ってますか?」

「ええ、もちろん。さ、どうぞ」

言われて、充義はカウンター席に着いた。

ホワイトボードを見ると、今夜の定食はガーリック豚丼であった。これは初めて見るメニューである。

(てことは、ニンニクを効かせた豚丼なのか)

名前からして食欲をそそるし、スタミナもありそうだ。それゆえに、ちょっと意外でもあった。

辰美と顔を合わせるのは、これが三回目である。最初はお手伝いで給仕をしていたときで、夕紀恵もいたから紹介されたのだ。

彼女が担当した食事をいただいたのは、そのあとのことになる。メニューはきのこソースの豆腐ステーキと、かなりヘルシーであった。味噌汁も薄味で野菜が具だくさんと、普段から健康に気を遣っていることが窺えた。

今日のメニューは、そのときとは真逆である。副菜が長芋とツナのサラダで、汁物もキムチとチーズのスープとなっていた。

(まあ、いつもあっさりしたものだと飽きるし、たまにはこってりも食べたくなるよな)

そういう意味ではバランスがとれていると言えよう。ただ、もうひとつ気になることがあった。

テレビのバラエティ番組を眺めつつ、厨房で料理をする辰美をチラチラと観察したところ、以前とは様子が違っていたのだ。

夕紀恵に教えてもらったのだが、辰美は二十九歳。旦那さんとふたり暮らしで、まだ子供はいないそうだ。

印象としては、とにかく明るくて朗らかである。太っているわけではないが全体にむっちりと肉感的で、笑い声も大きい。

もしかしたら、これ以上体重が増えないようにと、カロリーが控えめのメニューにしたのだろうか。自分が食べるわけではなくても、気を遣っていることを周囲にアピールするために。

と、前回はいささか失礼なことも考えたけれど、彼女自身は体型など気にしていない様子であった。充義ともすぐに打ち解け、会話もはずんだ。

そんな辰美が、今日はどことなく暗い。表情も沈んでいるかに見える。充義が店に入ったときの挨拶も、以前ほど大きな声ではなかった。

(何かあったのかな?)

ちょっと心配になる。

明るい性格ゆえ、彼女は接客も好きらしい。気立てがよく、お客とのトラブルがあったとは思えない。

そもそも、この店を訪れるのは地元の人間ばかりで、面倒な客など来ないであろう。料理も上手だし、そちらで失敗をやらかしたとも考えにくい。

いや、彼女ならたとえミスがあっても、笑い飛ばすのではないか。

そうすると、プライベートで困りごとがあったと見るべきだろう。夫と喧嘩をしたのかもしれない。

充義は「まぁまぁ屋」に通うようになってから、生活に張りが出てきた。仕事の疲れを引きずることも減ったし、活力も湧いてきた気がする。

一番大きいのは、夕紀恵にからだで慰められたことである。加えて、まさみとの甘美なひとときも、男としての自信を植えつけてくれた。あれ以来、異性との接し方にも変化が現れ、堂々と振る舞えるようになった。

もちろんそればかりでなく、ここで食べる美味しい料理も、癒やしと力を与えてくれる。「まぁまぁ屋」がなかったら、相変わらずしょぼくれた毎日を送っていたことであろう。

そうやって自分が多くを与えてもらったぶん、恩返しをするべきではないのか。微力ではあっても、人妻たちの力になれるのなら光栄である。

今日がそのチャンスなのだと、充義は密かに決心した。辰美の悩みを聞いて、心配事を取り除いてあげようと。

「お待ちどおさまでした」

むっちり妻が、定食のお盆を持って出てくる。ニンニクと醤油の香りが食欲を刺激した。

豚丼とは言っても豚肉だけでなく、タマネギとトマトが入っていた。照りもあるから、甘辛く仕上げてあるのではないか。

(ああ、美味しそうだ)

スタミナもたっぷりで、食べる前から活力が湧いてくる気がする。

「もうお客さんは来ないでしょうから、大盛りにしましたよ」

こちらが求めなくてもサービスをしてくれるのが嬉しい。もっとも、辰美の表情はやはり沈んだままだ。

そして、彼女も話をしたい気分であるらしい。ふたつの湯飲みにお茶を注ぐと、隣の椅子に腰掛けた。

「はい、どうぞ」

「ありがとうございます」

充義は箸をとると、さっそく豚丼をいただいた。

(うん、旨い)

自然と頰が緩む。思ったとおりに甘辛い味つけで、ニンニクの風味が程よく効いている。豚肉の歯ごたえと旨味を、いっそう引き立てていた。

「これ、すごく美味しいです。いくらでも食べられそうです」

手放しで称賛すると、人妻がようやく頰を緩めた。だが、いつものはじけた笑顔ではない。

「だったら、お持ち帰りされますか？　ご飯はもうないんですけど、豚丼の具は残っていますから。あと、サラダも」

「え、いいんですか？」

「ええ。本当は、旦那に持って帰るつもりだったんです。だけど、今日は遅くなると連絡があったので」

そういうことなら、是非いただいて帰りたい。ただ、夫のことを告げたときの彼女が、不満げに眉をひそめたのが気になった。

（やっぱり、旦那さんと何かあったみたいだぞ）

愚痴りたい雰囲気も感じたので、充義は食事を続けながら話を振ってみた。

「そう言えば、今日の相葉さん、なんだか元気がないみたいですけど、どうかされたんですか？」

問いかけに、辰美が意外そうにまばたきをした。

「え、そうですか？」

どうやら自覚していなかったらしい。それでも、思い当たるフシはあったようだ。

「まあ、元気がないっていうか、思いどおりにいかない状況にあるのは事実ですね」

持って回った言い方は、はぐらかしているわけではあるまい。むしろ、是非とも話を聞いてもらいたいという意思表示に感じられた。

「思いどおりにいかないというのは？」

訊ねると、案の定すぐに打ち明けた。

「わたし、三十歳になる前に子供を産みたかったんです。だけど、もう二十九歳ですから、残念だけど間に合いませんね」

「それじゃあ、子供をあきらめたんですか？」

「まさか。まだ生めなくなるような年じゃないですから。できれば三人、最低でもふたりはほしいんです」

「じゃあ、何がうまくいってないんですか？」

「旦那が協力してくれないんですよ」

そう言って、辰美が深いため息をこぼす。眉間に刻まれたシワには、苛立ちが見て取れた。

「あの、協力してくれないって――」

「わたしを抱いてくれないんです」

予想していたとは言え、ストレートな返答に絶句する。だが、充義の反応などかまわず、彼女は堰を切ったように話し出した。

「旦那とは大学で知り合って、そのときからの付き合いなんですけど、若い頃は毎日のようにわたしを求めたんですよ。なのに、いざ結婚したら途端に回数が減って、近頃だと月に一回あるかないかなんですから。旦那だって、まだ三十前なのに。おまけに、したらしたで、自分だけ満足したらそれで終わり。それって男としてどうなのかって思いません？」

などと質問しながら、答えを待つことなくさらに不満をぶちまける。よっぽど腹に据えかねているらしい。

（月に一回どころじゃなくて、もっとしていないのかも）

子供がほしくても、セックスレスでは絶対に望めない。苛立つのももっともだろう。

夕紀恵も長らく夫としていないようだった。ただ、彼女の場合はすでに子供がふたりいるのだ。夫婦の年齢も含めて、相葉家とは状況が異なる。

（ていうか、旦那さんは、どうして相葉さんを抱いてあげないんだ？）

今でこそ負の感情をあらわにしているものの、笑顔が素敵な優しい女性なのだ。大学時代から付き合って結婚したのも、そういう気立てのいいところに惹かれたのだろう。

さすがに毎日とは言わずとも、妻の要請に応えればいいのにと思う。いちおうまだ二十代だから、欲望だって溜まるはず。

（そうすると、奥さんに隠れてオナニーをしてるのか？）

しかし、辰美はそれ以上に穏やかではない疑念を抱いているようだ。

「もしかしたら、他に女がいるから、わたしとしないのかもしれないわ」

浮気を示唆する発言にドキッとする。

「心当たりがあるんですか？」

思わず質問すると、彼女は悔しげに唇を歪めた。

「そういうわけじゃないんですけど」

何か証拠があるのではなく、単なる憶測らしい。まあ、抱いてもらえなければ、そんな疑いを持つのも理解できる。

「わたしに隠していることがあるみたいだし、今日だって、急に遅くなるって連絡してきたんですよ。女から会いたいってメールでも来たんじゃないかしら」

「いや、さすがにそんなことは……」

「戸渡さんが来てくださらなかったら、せっかく作った料理が無駄になるところでした」

「まあ、おれはラッキーでしたけど」

そのとき、充義はそうだったのかと理解した。今日の「まぁまぁ屋」のメニューが、スタミナ重視であったわけを。

(旦那さんに精力をつけて、子作りを頑張ってもらうつもりだったんだな)

そういう意味でも当てが外れて、ますます気分を害したのではないか。

「ところで、戸渡さんはどうしてるんですか?」

いきなり質問されて面喰らう。

「え、何を?」

「アッチの処理ですけど」

溜まった欲望を、どう解消するのかという意味なのだ。そんな露骨なことを訊かれるなんて予想もしなかったから、充義は絶句した。

すると、辰美が不満げに顔をしかめる。

「わたしは、恥ずかしいことを全部打ち明けたんですよ。戸渡さんも話してくれなくちゃ、フェアじゃないです」

べつにこちらが話せと強制したわけではない。フェアじゃないなんて言われるのは心外であった。

とは言え、ちゃんと告白しないことには、許してもらえない雰囲気である。

（まさか、夕紀恵さんや中谷さんとしたことを、知ってるわけじゃないよな）

充義が仲間の人妻たちと関係を持ったのを察して、事実かどうかを探っているのではないか。そんな疑念が頭をもたげたものの、さすがに勘ぐりすぎだったようだ。

「戸渡さん、彼女はいないって言ってましたよね？　したくなったらどうしてるんですか？」

前にここで辰美の料理を食べたとき、訊ねられるままに独身で恋人がいないこと、近所のアパートに住んでいることなどを話したのである。

「いや、したくなったらって――」

処女ならいざ知らず、彼女は人妻なのである。そんなこと、いちいち確認しなくてもわかるだろうに。

だが、夫婦生活のことをあからさまに告白されたのは事実である。こちらが何も言わないのは、男らしくない気がしてきた。

「それは、まあ、自分で」

言葉を濁して答えると、畳みかけるように、

「週に何回ぐらいですか?」

と、質問を重ねられる。いい年をして、さすがに毎日オナニーをしているなんて言えるわけがない。

「うーん。まあ、半分ぐらいですか」

充義の控えめな回答に、辰美が我が意を得たりというふうにうなずく。

「やっぱり……戸渡さん、おいくつですか?」

「三十六です」

「戸渡さんのお年でも、そのぐらいしなくちゃいけないんでしょ? なのに、ウチの旦那が、たったあれだけの回数で満足するはずがないんですよ」

だから浮気をしているに違いないと言わんばかりに、辰美が身を乗り出してくる。これは誤解させたかもしれないと、充義は焦った。

(いや、旦那さんだって自分で——)

出かかった言葉を呑み込む。さすがに、隠れてオナニーをしているんじゃないかとは言えなかった。それはそれで、彼女が傷つく恐れがある。

(この様子だと、旦那の右手に負けたとわかったら、離婚するとか言いだしかねないものな)

いっそ浮気の疑いをかけられるほうが、まだマシなのではないか。実際のところ、他に女がいるわけではなさそうだし。

「戸渡さんは、ウチの旦那が浮気していると思いますか?」

「さ、さあ、わかりませんけど」

「とにかく、全然してくれないってことは、わたしにはもう女としての魅力を感じないからなんだわ」

辰美が投げやり気味に言う。そこまで思い詰めていたのかと、充義は慌てた。

「そんなことないですよ」

ほとんど反射的に否定すると、彼女が驚いたふうに目を丸くした。

「……え?」

「相葉さんは、とても魅力的なひとです。旦那さんが、その、相葉さんを抱かないのは、仕事が忙しくて疲れているからだと思いますよ」

会ったこともない夫に代わって弁明する。その程度で不満をおさめてもらえるとは、到底思えなかったが。

ところが、辰美は考え込むように黙りこくったのだ。

（あれ、納得してくれたのかな？）

彼女を横目で窺いながら、充義は豚丼を食べた。ここは早めに退散したほうがよさそうだと、かき込むようにして。

すると、辰美がいきなり席を立つ。飲み物の入った冷蔵ケースを開けると、瓶ビールを取り出した。

「わたし、ちょっと飲ませていただきますけど、戸渡さんはいかがですか？」

「ああ、いや、おれはけっこうです」

「そうですか」

彼女は元の席に着くと、コップに手酌でビールを注ぎ、呷るように飲んだ。どことなく据わった目つきは、年下とは思えない迫力である。

充義は気圧されるものを感じながら、早々と食事を終わらせた。おかげで、せっかくの美味しい料理を、満足に味わえなかったのである。

2

家に帰ると、充義はすぐにシャワーを浴びた。さっぱりしてから、お土産にもらった豚丼の具とサラダをどうしようかと悩む。

（食べたいけど……うーん）

店ではしっかり味わえなかったから、改めていただきたいところである。けれど、お腹はそれほど空いていない。わざわざご飯を炊くのも面倒だ。

やっぱり明日にしようと、充義は豚丼の具を冷蔵庫にしまった。明日までは持つであろうから。

ただ、サラダは鮮度が大事だから、今食べることにした。どうせならと、買い置きの缶ビールを冷蔵庫から出す。

充義が住んでいるのは1Kの、いかにも独身向けという昔ながらのアパートだ。築三十年は優に超えており、安いからここに決めたようなものである。

それでも、もともとの造りはしっかりしているらしい。就職してから十年以上住んでいるが、ガタつきなどまったく見られない。隣や二階の声や物音もそれほど聞こえないから、壁も床もけっこう厚いようだ。

とは言え、独身男が住む六畳一間など、見栄えがいいものではない。帰って寝るためだけの部屋で、必要最小限のものがあるのみ。ソファーとベッドの両方を兼ねる厚手のマットレスには、蒲団が敷きっぱなしであった。

充義は小さなテーブルにサラダと缶ビールを並べ、テレビを点けた。さほど興味を惹かれないバラエティ番組を眺めながら、ささやかな宴をする。

（……だけど、相葉さん、だいじょうぶなのかな？）

ビールに口をつけ、ふと、さっきまで一緒だった人妻を気にかける。

食事を終えると、充義はいつものように千円札を出した。辰美は『ありがとうございます』と礼を述べたものの、明らかに心ここにあらずで、他のことを考えているようにも見えた。

そのあと、残った料理をタッパーに詰めて渡してくれたときも、態度が余所余所しかった。おかげで、本当にもらっていいのかと、充義はためらいを覚えずにいられなかった。

店を出て振り返ると、彼女は再びカウンター席に坐り、ビールを飲んでいた。

映画やドラマで見るキッチンドリンカーみたいで、荒んでいるふうだったから心配になった。

しかしながら、自分に何ができるわけでもない。無力感に苛まれつつ、その場をあとにしたのである。

(相葉さんがああなったのは、おれのせいでもあるんだよな)

夫の浮気疑惑を常連客に否定されたものだから、気持ちの持って行き場をなくしたのではないか。そのため、飲まずにいられなくなったのかもしれない。

会計をしたとき、辰美の頬は赤くなっていた。早くも酔っていたようで、普段から飲み慣れているわけではないのだろう。

おかげで、自分が彼女を追い込んだのだと罪悪感を覚える。

だからと言って、夫を怪しむ人妻に同意しても、建設的ではなかったろう。疑いを深め、夫婦不和の原因になった恐れもある。

では、どうすればよかったのか。考えても、答えは見つからない。

(もっとちゃんと、話を聞いてあげればよかったのかな)

肯定も否定もせず、不満や愚痴をすべて受け止めれば、彼女もすっきりして気が晴れたであろう。夫への疑いも、考えすぎかもと改めた可能性がある。

やっぱり対処方法を間違えたなと、苦みを増したビールに顔をしかめたとき、コンコン——。

ドアをノックする音が聞こえた。

(え、誰だ？)

時刻は午後九時を回っている。こんな遅くにやって来る知り合いに心当たりはないし、宅配便の夜間配達を頼んだ覚えもなかった。

もっとも、実家からの荷物という可能性はある。仕事のある日はいつも帰りが遅いと、母親は知っているのだ。

(食料を送ってくれたのかも)

きっとそれだなとひとりうなずき、充義は玄関に出た。訪問者を確認することなく、急いでドアを開ける。

「え——」

驚いて固まったのは、部屋の外にいたのが予想もしなかった人物だったからである。

「こんばんは」

どこか不機嫌そうに挨拶をしたのは、辰美であった。

「え？　あああ、あの」

充義は狼狽した。このアパートに住んでいることは教えていないのに、どうしてわかったのだろう。

その疑問が顔に出たのか、彼女が自分から説明する。

「戸渡さん、安くて古いアパートに住んでいるって、言ったじゃないですか。近所で当てはまるのはここぐらいだし、郵便受けを見たら名前があったから、あ、間違いないなって思ったんです」

どうやら推理してここまで来たらしい。何ためにというのは、訊くまでもなかった。

(おれが旦那さんの味方をしたものだから、腹が立ったんだな)

アルコールが入ったせいもあって怒りがおさまらなくなり、文句を言うために訪れたに違いない。眉をひそめた面差しが、それを物語っている。

「入ってもいいですか？」

言われて、充義が「ど、どうぞ」と人妻を招き入れたのは、罵倒されるのを他の住人に聞かれたくなかったからだ。

「お邪魔します」

以前のような笑顔を見せることなく、辰美は中に入った。

今はエプロンも三角巾も着けていない彼女は、水色のシャツに白いパンツというシンプルな装いである。手にはコンビニのレジ袋。厨房で仕事をしていた名残か、前を通り過ぎるとき、油とガーリックの匂いがかすかに漂った。

辰美は許可を求めることなく狭いキッチンを抜け、六畳間に足を踏み入れた。室内を見回し、蒲団を敷いたマットレスに腰を下ろす。

「サラダ、食べてたんですね」

テーブルの上のお皿と缶ビールを見て、つぶやくように言った。

「あ、はい。いただいてます」

充義は所在なく突っ立ったまま答えた。

「豚丼は？」

「ええと、そこまでお腹が空いてないので、明日食べようかと」

「ああ、それがいいですね」

彼女はそう言って、自分の隣をポンポンと叩いた。

「そんなところに立ってないで、坐ったらどうですか？」

「あ、はい」

充義は怖ず怖ずと、マットレスの端に坐った。これでは、どっちが部屋の主かわからない。

「もっとこっちへ来てください」

「うん……」

尻をずらし、手が届く位置まで距離を詰めると、辰美がレジ袋から缶チューハイを二本取り出した。

「ビールが空だったら、これをどうぞ」

そう言って、一本を充義に手渡す。

「あ、どうも」

彼女は自分のぶんのプルタブを開けると、喉を鳴らして飲んだ。

(もともとお酒が好きなのかな?)

あるいは、年上の男を罵倒するために、アルコールで勢いをつけているのか。

そうなると、こちらも飲まなきゃ対抗できない。

缶ビールはほとんど残っていなかったから、充義もチューハイに口をつけた。

ところが、缶を傾けすぎたため、一気に流れ込んで噎《む》せそうになる。

「むほッ」

口許からこぼれそうになった液体をすすり戻し、どうにか喉に落とした。

「はぁ……」

ひと息ついて、情けなさにまみれる。

（まったく、何をやってるんだよ）

人妻とはいえ、相手は年下なのだ。どうしてこんなにビクビクしなければなら

ないのか。

しっかりしなくてはと気を引き締めたとき、

「ところで、戸渡さんに訊きたいことがあるんですけど」

辰美が改まったふうに切り出す。そら来たと、充義は身構えた。

「な、何ですか？」

「さっきお店で言ったこと、本当なんですか？」

旦那さんは浮気をしていないと、断言したことなのだろう。

「ええ、おれはそう思いますけど」

「どうしてですか？」

訊ねられても困る。べつに根拠があったわけではないのだ。そもそも、彼女の夫と会ったことすらないのだから。

「ええと、そう言われると説明しづらいんですけど。あくまでも印象で話しただ

けですので」

「印象……それじゃあ、いつからそう思っていらしたんですか?」

「いつからって、相葉さんとお話をしていて、自然とそう感じたんです」

「じゃあ、初めてお会いしたときからなんですか?」

この問いかけに、充義はきょとんとなった。

(え、初めてって?)

どうも話が嚙み合っていないようである。いったい彼女は、何のことを話題にしているのか。

充義が何も言わないものだから、辰美は焦れたようである。尻をずらして近づき、上半身の向きを変えて詰め寄ってきた。

「ひょっとして、わたしをからかっていたんですか?」

「いいい、いえ、からかうなんてことは」

「だったら、どうして魅力的なんて――」

その言葉で、ようやく理解する。彼女が引っかかっているのは夫の浮気を否定されたことではなく、魅力的と言われたことなのだと。

(じゃあ、そのせいで様子がおかしかったのか?)

あれは辰美が、自分には女としての魅力がないと自虐的なことを口走ったものだから、そうではないという意味で告げたのである。

(ひょっとして、おれに口説かれたと誤解したとか)

夫の不貞を疑い、不安定になっていたものだから、他の男になびきそうになっているというのか。いや、さすがにそれは考えすぎだとしても、充義の発言が気になったのは確からしい。

(旦那さんに抱いてもらえないから落ち込んでいて、少しでも自信を取り戻したいのかも)

そのため、あの言葉が本当かどうか、確かめたくなったのではないか。

「相葉さんが魅力的なのは事実です」

充義はきっぱりと告げた。彼女が自信を取り戻し、また明るい笑顔を見せてくれるようにと。

「お世辞でも何でもなく、おれは初めてお会いしたときから、素敵なひとだって思っていました」

「どういうところがですか?」

いちいち訊ねたのは、はっきり言ってもらわないと納得できないからであろう。

「最初に、笑顔が素敵だなって思いました。それから気さくで明るくて、おれも初対面で打ち解けられたから、相葉さんに自分のことをあれこれ話したんです」

「……そうでしたね」

「あとはもちろん、料理もお上手です。このあいだの豆腐ステーキも美味しかったですけど、今日の豚丼も最高でした。あっさりからこってりまで、レパートリーが広いんですね」

辰美のいいところを、充義は余すところなく述べたつもりであった。なのに、人妻の表情に少しも明るい兆しが見えない。むしろ、眉間のシワが深くなっている様子である。

(お世辞じゃないなんて言ったから、かえってわざとらしく聞こえたのかな?)

もっと口がうまければよかったのに。自身の話し下手がじれったい。

「わたしが聞きたいのは、そんなことじゃないんです」

「え?」

「わたしに、女としての魅力があるかどうかが知りたいんです。つまり、男性がその気になって、抱きたくなるかってことが」

性的な意味であることを告げられ、充義は絶句した。

彼女は夫に抱いてもらえないことを悩んでいたのである。魅力とは男が欲望を感じて、セックスを求めたくなる意味であると、それほど深く考えなくてもわかるはずだ。

当然ながら、辰美はその気になると言ってもらいたいのだろう。そして、本当にそうなのかを証明するために、行為を求めてくるのではないか。

三十路前の人妻に、異性として惹かれているのは事実である。許されるのなら、是非お手合わせを願いたいほどに。

よって、彼女に望まれて抱き合うのは、幸運以外の何ものでもない。

「も、もちろん、そういう意味でも魅力的です」

喉の渇きを覚えつつ告げると、辰美が小さくうなずく。しかし、それで気が済んだかのように、缶チューハイに口をつけた。

(え、もう終わり?)

充義は拍子抜けした。てっきり、《だったら抱いて》と迫られるものと思っていたのに。

いくら悩んでいても、そこまで欲望本位にはなれないのか。というより、抱いてほしい相手は夫のみで、他の男は眼中にないのかもしれない。彼女が求めているのはセックスではなく、子供なのだから。

早合点して、浅ましい期待を抱いたことが恥ずかしい。充義は俯き、缶チューハイをするように飲んだ。

そのまま無言の時間が流れる。気詰まりで、息苦しくなってきたとき、

「やっぱり嘘なのね」

辰美が吐き捨てるように言い、充義はドキッとした。

「え、嘘って？」

隣を見れば、二十九歳の人妻が、恨みがましげな眼差しを向けていた。

「戸渡さん、わたしを抱きたくなるって言いましたよね？」

そこまでストレートな言い回しはしていない。だが、意味合いとしてはそういうことになるだろう。

「ええ、まあ」

消極的に肯定すると、彼女が不服げに眉根を寄せた。

「だったら、どうして抱かないんですか？」

これに、充義は大いに戸惑った。

（それじゃあ、おれが襲いかかるのを待ってたっていうのか？）

まあ、襲わないまでも、手を出してくるのを期待していたのは間違いあるまい。

夕紀恵も、それからまさみも、彼女たちのほうから積極的に迫ってきた。そのせいで充義は、受け身でいることが当たり前だと思い込んでいたようだ。

しかし、本来は男のほうからアプローチするべきなのである。

辰美とて、抱かれたい気持ちはあっても、自分から夫を裏切ることはできないのだろう。そのため、男に引っ張られたいようである。

（よし、だったら——）

これだけ望まれているのに、何もできないなんて男じゃない。夕紀恵とまさみにかけてもらった情けを、今こそ仲間の人妻にお返しするときだ。

充義は尻をずらし、辰美に接近した。チューハイの缶を無言で受け取り、自分のものと一緒にテーブルに置く。

それから、わずかに緊張の面持ちを見せる人妻を、じっと見つめた。

「相葉さ——辰美さんは、とっても魅力的です。笑顔ももちろん素敵ですけど、すごくいいからだをしています」

言ってから、ちょっと露骨すぎたかなと反省する。彼女のほうも、訝るように目を細めた。

「いいカラダって、わたしの裸を見たことがあるんですか?」

それももっともな疑問であったろう。

「服の上からでも、だいたいわかりますよ」

風俗以外の経験は、まだわずかである。なのに、女性のすべてを知り尽くしたかのように、充義は振る舞った。

「本当ですか?」

挑発的に睨み返してきた辰美であったが、充義が顔を近づけると、気圧されたように口をつぐむ。目を伏せて、恥じらいの反応を示した。

(なんだ、可愛いぞ)

年下なのに、上からぐいぐい迫っていたのである。ここに来て、やけにしおらしくなったのはなぜなのか。

(おれに抱いてもらうために、無理してたのかもしれないぞ)

店でビールを飲み、ここにも缶チューハイを持ってきたのは、夫の浮気で気持ちが荒んだせいかと思っていた。けれど、アルコールで度胸をつけるためもあったのではないか。

そう考えるといじらしい。愛しさもふくれあがり、充義は彼女の両肩に手を置いた。唇を奪うつもりだった。

ところが、顔を近づけると、縋《すが》る眼差しで見あげられる。

「……キスはやめて」

涙で濡れた目には、切なる思いが宿っていた。くちづけは情愛を示す行為であり、貞操を守る最後の砦なのだろう。

そんなところからも、欲望のみで牡を誘ったのではないことがわかる。今はとにかく、女としての自信を取り戻したいのだ。

「わかりました」

充義は肩の手をはずすと、辰美のシャツのボタンをひとつずつはずした。

中に着けていたのは、ベージュの地味なブラジャーだ。いかにも普段のままという下着は、人妻の色気を匂い立たせる。どんなにお洒落なランジェリーよりもエロチックであった。

肌もあらわになり、甘ったるい香りが鼻腔に忍び入る。予想どおりに肉々しいボディで、へたにスリムな女性よりも抱き心地がよさそうだ。ボトムのウエストに、お腹がちょっぴり乗っているのもご愛嬌だ。

これはもう、是非とも素っ裸になって抱き合いたい。充義は彼女のシャツを肩からはずすと、すぐさま白いパンツに手をかけた。

前を開くと、辰美は言わずともおしりを浮かせてくれた。彼女のほうも、一刻も早くという気分になっているのか。

パンティもブラと同じくベージュであった。ゴムと裾部分がレースで飾られているものの、面積が大きくて余所行きふうではない。

それが恥ずかしかったのか、辰美が今さらのように上下の下着を両腕で隠す。

「戸渡さんも脱いでください」

泣きそうな目で求められ、充義は「うん」とうなずいた。パジャマ兼用のジャージズボンを脱ぎ、Tシャツも頭から抜く。残るはブリーフのみだ。

辰美も自らブラジャーをはずし、柔らかそうな乳房をあらわにした。最後の一枚は、ふたり同時に脱ぎおろす。

ぶるん――。

柔肌のかぐわしさにうっとりしたときからふくらんでいたペニスが、ゴムに引っかかって勢いよく反り返る。

「あん、すごい」

それを目にしながら、辰美はベージュの薄物を足先から取り去った。

「これは、おれが辰美さんに魅力を感じている証拠ですよ」

膝立ちになって牡のシンボルを誇示すると、彼女は恥じらって頬を染めた。

「わたしのハダカを見たからですか?」

「いいえ。その前から大きくなってました」

「本当に?」

ちんまりした手が、屹立に怖ず怖ずとのばされる。指を巻きつけ、包み込むように硬筒を握った。

「あうう」

悦びがじんわりと広がり、たまらず呻いてしまう。手指の柔らかさと温かさが、秘茎の芯まで浸透するようであった。

おかげで、その部分がさらなる力を漲らせる。

「やん、また大きくなったみたい」

つぶやく声に怯えが滲む。そのくせ、手にしたモノを見つめる目には、早くも艶めきの色が浮かんでいた。

「辰美さんの手、すごく気持ちいいです」

「本当ですか?」

嬉しそうに頬を緩めた彼女が、強ばりをゆるゆるとしごく。快感が高まり、一方的に愛撫されるだけでは我慢できなくなった。

充義は辰美の背中に腕を回して抱き、マットレスの蒲団に押し倒した。

「あ――」

彼女はわずかに抗ったものの、すぐおとなしくなる。

女盛りの人妻ボディは、予想した以上に抱き心地がいい。ふにふにした感触と、絹肌のなめらかさに身悶えしたくなった。

真上から覗き込むと、目元がさっきよりも赤らんでいた。

「……するんですか？」

遠慮がちに訊ね、辰美は手にしたままの肉根を強く握る。ここに来てためらいが頭をもたげてきたふうに。

当然ながら、ここで終わりにするつもりはない。だが、彼女が乗り切れないいま性急に進めては、中断の憂き目に遭う恐れもあった。

充義は問いかけに答えることなく、手を乳房に這わせた。

（ああ、素敵だ）

危ういほどに柔らかな乳肉は、肌もスベスベ。巨大なマシュマロを思わせる。

大きめの乳暈は淡いピンク色の上、乳首も陥没気味だから、見た目もスイーツっぽい。

さながら、苺のシロップをかけたミルクプリンか。むしゃぶりつきたくなるほど美味しそうだ。

充義がからだの位置を下げると、辰美がペニスから手をはずした。何をするつもりなのか察したらしい。あるいは、そうされたいと望んだのか。

己の欲求に従い、ひしゃげた柔乳の頂上に唇をつける。存在が目立たない乳頭部分に。

「ンふんっ」

人妻が鼻にかかった喘ぎをこぼした。

ほんのり甘い乳の頂を軽く吸い、チロチロと舐める。埋もれた乳首を舌先でほじるようにすると、少しずつ盛りあがってきた。

「ン——ああ」

辰美の喘ぎ声も高まる。身をくねらせ、悦びをあらわにした。

二分も経たずに、そこがツンと突き立つ。

「ああ、あ、ダメぇ」

よがる声が派手になる。乳首が露出したことで、いっそう感じやすくなったようだ。

存在感を著しくした突起を指で摘まみ、クリクリと転がしながら、充義はもう一方にも口をつけた。

「あ、あっ、くうううう」

快感が二倍、いや、それ以上にふくれあがったかのような反応。ふくよかな裸身が、ビクンビクンと跳ね躍った。

(おっぱいがすごく感じるみたいだ)

いや、全身が敏感なのではないか。左手で脇腹をさすると、それにも肌を波打たせた。

「そ、そんなことしなくてもいいから、早くして――」

焦れったげに声を震わせたのは、乱れるところを見られたくないからか。いや、もっと気持ちよくしてもらいたいと、暗に訴えている気がした。

(こんなに感じるのに、旦那さんが抱いてくれないなんて可哀想だよ)

子供がほしい以上に、肉体が満たされないことの不満も大きいようだ。ならば、徹底的に感じさせてあげるべきである。

ふたりの人妻と関係を持ったとは言え、充義はまだまだ経験が浅い。どこまでできるのかわからないが、力を尽くすしかなかった。

両方の乳首を硬くしてから、充義は女体の下側へ移動した。

辰美が早くも疲れ切ったふうに手足をのばし、胸を大きく上下させる。脚を開かせても、されるままになっていた。

恥叢が逆立つ陰部に顔を寄せれば、なまめかしい酸味臭がたち昇る。一日活動したあとの証である、正直なかぐわしさだ。

(これが辰美さんの……)

人妻がぐったりしているのをいいことに、恥ずかしい匂いを堪能する。汗と尿の成分が強いのにも、かえって昂奮させられた。

色素が濃いめに沈着した陰部は、恥割れから萎んだかたちの花弁がはみ出す。わずかにほころんだ狭間に、透明な蜜汁が滴りそうに溜まっていた。

(やっぱり濡れてたんだ)

おっぱいへの愛撫で、劣情を高めていたようである。あるいは、もっと前からその気になっていたのか。

その部分は息吹くようにヒクヒクと収縮し、牡の侵入を待ちわびているかに映る。しかし、その前に別の方法で感じさせたい。

というより、充義自身がそうしたかったのだ。

蒸れた熱気を放つ女芯に、そっと口をつける。最初は遠慮がちに舌を這わせ、抵抗されないとわかると大胆にねぶった。

（ああ、すごい）

濃密さを増した淫靡なパフュームに昂り、舌づかいがいっそう荒々しくなる。

「あ──あふ、くふぅううう」

喘ぎ声が聞こえてくる。艶腰も左右にいやらしく揺れだした。

辰美のラブジュースは粘っこく、塩気よりも甘みが強い。舌に絡むそれを唾液に溶かして呑み込み、恥ミゾ内を抉るように舐める。

「ああ、そ、そんなにしないで」

などと言いながら、淫芯がせわしなくすぼまる。もっとしてとせがむように。

やはり快感を求めていたらしく、洗っていない秘部をねぶられても抵抗しない。それでも、そこが生々しい匂いをこもらせていることは知っているのだ。

「ね、ねえ、くさくないんですか？」

涙声で訊ねつつも、クンニリングスから逃げようとしない。舐められるのも好きらしい。

答える代わりに、充義は舌の律動を激しくさせた。

「あ、あ、ダメぇ」

脂ののった下腹が、大きく波打つ。あからさまな秘臭を知られた恥ずかしさも、どうでもよくなったかに見える。

「あひっ、いいい、そ、そこぉ」

敏感な突起を舌先ではじかれ、人妻があられもなく悶えた。ハッハッと息を荒ぶらせ、ヒップを浮かせては落とす動作を繰り返す。

（すごく感じてるぞ）

付着していた匂いと味がなくなり、塗り込められた唾液がケモノっぽい臭気を放つ。花びらが腫れぼったくふくらみ、淫らにほころんだ。

このまま続ければ絶頂させられるのではないか。是非そうしてあげたいと、舌を忙しく動かしていると、

「ね、ねえ、お願い」

辰美が切なげに訴える。このままでは乱れそうで居たたまれなく、やめてほしいのかと思えば、そうではなかった。

「わたしのばかり舐めてないで、戸渡さんの、お、オチ×チンをください」

はしたないおねだりに、いきり立ったままの分身がビクンとしゃくり上げる。

シックスナインを求められたのだと、充義はすぐに理解した。

一方的に奉仕されるのが心苦しくて、対等になろうとしたのか。それとも、単純に男のモノをしゃぶりたくなったのか。

真意はわからなかったものの、フェラチオをされたかったのは事実。だからと言って、彼女の上に逆向きでかぶさるのは抵抗があった。それだと玉袋から肛門まで、恥ずかしい部分がまる見えになってしまうからだ。

ならばと、からだの上下を反対にして、人妻の隣で横向きに寝そべる。腰を抱き寄せると辰美も察してくれたようで、同じく横臥してくれた。

そうして、互いの性器に口をつける。

上下に重なるのではなく、横になっての相互口淫愛撫。ただ、ペニスは楽にしゃぶれるけれど、女芯はそうはいかない。

充義は彼女の上側の膝を曲げさせ、脚を横に倒したPの字にしてもらった。開かれた股間に頭を入れ、唾液の匂いを放つ淫華に再び口をつける。

辰美は最初から強く吸ってきた。まるで、今から逆転を目論むかのごとく。舌もピチャピチャと躍らせて、亀頭粘膜を刺激する。

「むふっ」

充義はたまらず鼻息を吹きこぼした。慌てて気を引き締め、急速に高まった射精欲求を抑え込む。

イキそうになったのは最初に握られただけで、昂りに見合った愛撫を受けていなかったためもあった。要は焦らされた状態だったわけであり、そのせいで吸茎されるなり上昇したのである。

これはまずいと、唇をすぼめてクリトリスに挑む。ついばむように吸い立てると、柔らかな内腿が頭をギュッと挟み込んだ。

「むううう」

男根を咥えたまま、辰美が呻く。それでも口をはずすことなく、舌を忙しく回し続けた。

口技の応酬で、ふたりともぐんぐん高まる。相手を感じさせることに熱中し、己がどこまで上昇しているのかを自覚することなく。

気がついたときには、充義は後戻りできなくなっていた。

(うう、ま、まずい)

歓喜の震えが全身に行き渡る。彼女の口内にほとばしらせるのはまずいとわかりつつも、危機的状況を伝える余裕がなかった。

そのため、最後の足掻きのごとく秘核を吸いねぶると、幸いにも辰美が肉根を解放した。

「あ、あっ、イッちゃう」

女体が強ばり、ビクッ、ビクンと痙攣する。絶頂したのだ。続いて、充義もオルガスムスに至った。

(あ、いく)

強く握られた分身から、体液を勢いよく放つ。

びゅるんッ――。

最初の飛沫は、間違いなく人妻の顔を汚したはず。しかし、一度始まった射精を中断させるなんて不可能だった。

すると、第二波が発射される直前、亀頭が再び温かな潤みにひたる。

「むふふふぅ」

強く吸われ、充義は呻いた。尿道を駆け抜けるザーメンの速度が増し、強烈な快感で頭の中が真っ白になる。

びゅるっ、びゅくん、ドクッ――。

牡のエキスが放たれるたびに、腰がガクガクと震える。体内のものを吸い尽くされるのかと錯覚するほどの、恐怖と紙一重の歓喜にまみれた。

（すごすぎる……）

嵐が去り、脱力感に苛まれた充義は、辰美の股間から頭を抜いた。彼女もペニスを解放し、ふたりは逆向きのまま仰臥する。

「ふは――はぁ、ハア」

聞こえるのは、深い息づかいのみ。自分が発しているのか、それとも辰美のものなのか、充義はわからぬまま胸を大きく上下させた。

3

先に身を起こした辰美が、全裸のままキッチンのほうへ向かう。間もなく水音が聞こえたから、顔にかかった精液を洗い流しているのではないか。

（……辰美さん、おれのを飲んだんだな）

今さらそんなことに気がつく。吸い取ったぶんを吐き出した様子はなかったから、そのまま喉に落としたのだ。

充義のほうは、絶頂後の倦怠感がなかなか引かず、寝そべったままであった。快楽の余韻にもひたり、ぼんやりと天井を見あげる。

そして、ほんの短い時間、うとうとしたようである。

(——え?)

下半身に広がる快さで、目が覚める。頭をもたげると、充義の脚のあいだに膝をつき、股間にうずくまった辰美が見えた。

はらりと垂れた黒髪が隠して、彼女の顔は見えない。だが、何をされているのかは、すぐにわかった。ペニスをしゃぶられているのだ。

たっぷりと精を放ったそこは、完全に萎えていたはず。口の中で舌を絡められ、敏感になった亀頭粘膜を刺激されると、くすぐったさの強い快感が生じた。

しかし、すぐに復活する兆しはない。

(もう無理かも)

充義は諦めムードだった。

夕紀恵やまさみとしたときには、二度、三度の射精が可能だったのである。けれど、さっきのは快感も満足度もかなりのもので、一度で充分という心持ちになっていた。

加えて、このまま終わらせたほうが、辰美にとってもいいのではないかという思いもある。

くちづけを拒んだことからわかるように、彼女は夫に対する罪悪感を捨て切れていないのだ。セックスまでしたら、きっと後悔するのではないか。

もっとも、こうして自らフェラチオをするぐらいである。あるいは吹っ切れたのかもしれない。

だとしても、充義が再勃起しないことには、行為には及べない。温かな唾液の中で泳がされる秘茎は、ムズムズする悦びにひたりつつも、海綿体が血液をシャットアウトしていた。

勃たなければ、そのうち諦めるであろう。そう思ったとき、辰美が顔を上げた。

「あ――」

目が合って、充義は視線を逸らした。エレクトしないのが恥ずかしく、後ろめたかったからだ。すると、

「膝を抱えてください」

彼女に言われてきょとんとなる。

「え、膝？」

「膝を折って、脚を持ち上げて――」

ようやく理解して、仰向けのまま両膝を抱える。おしめを替えられるときの赤ちゃんみたいな恰好だ。

（いや、これは……）

恥ずかしい部分があらわになり、顔が熱くなる。尻の穴まで人妻に見られているのではないか。

おまけに、辰美が股間に顔を近づけたのだ。

ねろり――。

舌が這わされたのは、牡の急所であるシワ袋だった。

「ひっ」

腰の裏がゾクッとし、思わず声を洩らしてしまう。さらに、シワを辿るみたいに舐められて、嚢袋が持ち上がる感覚があった。

夕紀恵とまさみにそこを揉み撫でられたのも気持ちよかったが、ねぶられることで背徳的な気分も高まる。より深いところで感じるようだった。

そのため、秘茎が徐々に重みを増す。

玉袋全体を唾液で湿らせると、辰美はそこを口に入れた。さすがに睾丸をふたつまとめては無理だったようで、ひとつずつ含んでしゃぶり、甘嚙みする。

「ううう」

フェラチオのようなはっきりした快感ではなく、むしろ焦れったい。なのに、ペニスがふくらみつつあるのはなぜだろう。

両方の玉を舌と唇で弄《もてあそ》んだあと、性器と腿の付け根の境界部分も、彼女は舌で清めた。

（ああ、そんなところまで）

帰ってからシャワーを浴びたものの、そこは蒸れやすく、不快な臭気が溜まりやすいところなのだ。さっきからの戯れで汗ばんでいたし、辰美も嫌な思いをしているのではないか。

それにしては、舐め方がねちっこい。陰嚢の両サイドに、彼女は味も匂いもこそげ落とすほど丹念に舌を這わせた。

（うう……どうして）

申し訳なさも、くすぐったい快さで薄らぐ。いつしか充義は息づかいを荒くし、浮かせた尻を左右にくねらせた。

またも舌が移動する。今度は玉袋の直下、会陰部を責められた。

「うひひぃ」

堪えようもなく奇声がこぼれる。縫い目をチロチロとくすぐられ、充義は肛門を幾度も引き絞らねばならなかった。名前がトワタリだからといって、まさか蟻の門渡りまでねぶられるなんて。

とは言え、くすぐったいばかりでもなかったのだ。さっき舐められた付け根部分がムズムズし、海綿体が血潮で満たされるのを感じる。

そして、舌が肛門に至った瞬間、充義は「あああっ」とひときわ大きな声を放った。

（な、なんだ、これ――）

まさみに指で洗われたのも、確かに気持ちよかった。だが、舐められるのはそれ以上に悦びが大きい。不浄の最右翼たる部分に舌をつけられる罪悪感すら、快感に取って代わるようだった。

（おしりの穴って、こんなに感じるのか）

夕紀恵やまさみのアヌスを愛撫したとき、ふたりが恥じらいつつもよがったものだから、女体の秘密を暴いた気がして有頂天になった。そのお返しを、彼女たちの仲間である人妻にされるなんて。

まさに因果応報というか、つけが回ってきたのか。いや、この場合はケツが回ってきたと言うべきだ。

などと、くだらないことを考えても、秘肛への刺激で身悶えている事実は変わらない。情けなくも怪しい愉悦に支配され、充義はとうとうフル勃起した。

せわしなく反り返り、下腹をベチベチと打ち鳴らす牡器官に気がついたのか、辰美が肛門の舌をはずす。

「やん、勃っちゃった」

自分がそうさせたのに、まるっきり他人事だ。それでも、強ばりきった筒肉に指を回し、

「戸渡さん、おしりの穴が感じるんですね」

と、悪戯っぽい笑みを浮かべた。自身の手柄であるとわかっているのだ。

(うう、みっともない)

充義は、穴があったら肛門でもいいから入りたい気分であった。けれど、彼女は年上の男を辱めるつもりなどなかったらしい。

「これならできますね」

「え？」

「起きてください」

手を引かれて身を起こすと、代わって辰美が蒲団に横たわる。両膝を立てた仰向けの姿勢で。

「硬くなったオチ×チン、挿れてください」

ストレートなおねだりをして、年上の牡を誘う。

（じゃあ、最後までするつもりなのか）

陰嚢やアヌスに舌を這わせたのは、とにかくエレクトさせたいがために試みたことだったようだ。

彼女とセックスできるのは、もちろん嬉しい。だが、ひとつだけ問題があった。

（ちゃんとできるかな……）

ふたりの人妻と関係を持ち、風俗嬢とも経験はある。しかし、夕紀恵とは騎乗位だったし、まさみとはバックスタイルで交わった。風俗嬢との行為でも、跨がられることが常だった。

よって、正常位は未経験である。なのに、辰美は明らかにそれを求めていた。

受け身の体位なら問題はない。バックスタイルも、結合部が目で確認できるから挿入は容易だったし、腰振りも問題はなかった。

だが、彼女に覆い被さったら、挿れるのにもまごつきそうだ。うまく結ばれたとしても、ピストン運動がちゃんとできる自信などない。

とは言え、こんな状況で体位を変えてくれなんて言おうものなら、いい年をして経験が浅いとバレてしまう。そんなひととは抱き合えないと、拒まれる可能性もあった。

(ええい、やるしかないんだ)

意を決して、充義は人妻に身を重ねた。

右手のお供に、アダルトビデオをかなりの本数視聴してきたのである。なのに、膝を離した正座の姿勢で艶腰を挟み、女芯を確認しながら挿入すればいいのだと気がつかなかった。初めて挑む体位に緊張し、頭が回らなかったためだ。

それでも幸いなことに、辰美が強ばりを握って導いてくれた。

「こ、ここに」

切っ先を自らの中心にめり込ませ、恥ミゾに沿って動かす。温かな蜜が粘膜にまぶされ、ヌルヌルとすべったあとで窪みに嵌まった。入るべきところを捕捉したのだ。

「挿れてください」

「う、うん」

筒肉の指がはずされてから、充義はそろそろと進んだ。

「ン――」

関門にぶつかり、彼女が顔をしかめる。入り口がけっこう狭いようだ。

(逃げるなよ)

一度目標をはずしたら、再び捉えるのは困難だろう。また導いてもらうのも間が抜けているし、このまま進むしかない。

女体の深部を目指して、充義は分身を沈ませた。ふくらみきった穂先で、狭まりを圧し広げる。

「あっ、あ」

膣口が徐々に広がり、辰美が焦った声を洩らした。次の瞬間、
ぬるん――。

亀頭の裾野が関門を乗り越えた。

「はうう」

白い喉を見せ、彼女がのけ反る。充義は気遣う余裕などなく、肉の槍で女芯を

深々と貫いた。

（ああ、入った）

ふたりの陰部が重なり、ペニスが濡れ柔らかなもので包み込まれる。ふれあう肌以上の熱さを感じた。

「あん、しちゃった……」

辰美がつぶやく。目に涙が浮かんでいた。後悔しているのかと心配すれば、

「この感じ、とってもいいわ。わたしの中が、オチ×チンでいっぱいなの」

ストレートな感想を述べ、艶っぽい笑みをこぼす。牡を迎え入れたところが、キュッキュッと収縮した。

「ううう」

快さに、充義は呻いた。さっき、強烈なオルガスムスを味わったばかりなのに、早くも目の奥に快美の火花が散る。

「ね、動いてください」

急かされて、無言でうなずく。ふにっとしたボディに身を預け、腰だけをそろそろと後退させた。

しかし、抜けてしまいそうな気がして、慌てて元の鞘に収める。

「ああっ」

歓喜の声を洩らした人妻が、しがみついてくる。

「も、もっとぉ」

駄々をこねるみたいなおねだりに、充義は覚束ない腰づかいで応えた。大胆には動けず、ストロークの短い抽送で蜜穴をほじる。

それでも、辰美はちゃんと感じてくれたようだ。

「あ、あ、気持ちいい」

ハッハッと息をはずませ、腰をいやらしくくねらせる。根っからセックスが好きなのだとわかった。

(子作り云々よりも、旦那さんがしてくれないのが不満なんだな)

二十九歳とまだまだ若く、性の歓びを知った身で放っておかれるのは、かなりつらいのではないか。もしかしたら、性欲が有り余っている十代のときに、オナニーを禁止される少年ぐらいに。

そんなふうに考えると、得ている快感を素直に表へ出す彼女が、健気に思えてくる。

(もっと感じて)

満足させてあげたい一心で、充義は腰を振った。少しでも快くと、相手第一で挑んだおかげか、ピストン運動がスムーズになる。

「ああ、あ、感じる」

辰美が両足を掲げ、牡腰に絡みつける。女芯が上向きになり、充義は真上から杭打つように肉根を送り込んだ。

「あふぅ、そ、それいい」

激しくされるのがお好みらしい。ならばと、いっそう激しく濡れ穴を穿つ。

「あん、あ、いやぁ、す、すごいのぉ」

彼女は表情を淫らに蕩けさせていた。明るくて朗らかな奥さんという第一印象は、それこそただの印象に過ぎなかったようだ。

とは言え、幻滅はしない。隠されていた魅力を知ったことで、愛しさがふくれあがる心地がした。

「おれも気持ちいいよ」

ペニスを休みなく出し挿れしながら告げると、辰美は何度もうなずいた。

「わ、わたしもいい……セックス、好きぃ」

淫蕩であることを告白し、それによってまた高まったらしい。「あんあん」と甲高い声で啼き、全身を小刻みに震わせた。

そして、いよいよ極まってきたのか、充義の頭をかき抱く。

(え——?)

一瞬、何が起こったのかと混乱する。気がつけば、唇を奪われていた。

「ん、ンふ、むふふぅ」

彼女は鼻息をせわしなくこぼしながら、強く吸ってくる。圧倒され、充義が唇を緩めると、舌がぬるりと入り込んだ。

(キスはやめてって言ったのに)

最初に拒まれたのを思い出す。夫への操を立ててなのかと思ったが、性器を繋げてしまったら、そんなことはどうでもよくなったというのか。

ともあれ、向こうから求めてきたのである。遠慮することはない。

辰美の舌に、充義は自分のものを絡ませた。ヌルヌルとこすり合い、まといついた唾液をすする。

(ああ、気持ちいい)

上も下も深く交わることで、快感がさらに高まる。口許と股間の両方から、ピチャピチャと卑猥な音がこぼれた。

息が続かなくなったらしく、辰美が頭を振ってくちづけをほどく。ハァハァと呼吸をはずませ、トロンとした目で見あげてきた。

「ふは――」

「……オマ×コ気持ちいい」

脳内が淫ら色に染められているらしい。表情を変えることなく、禁じられた単語を口にする。

(辰美さんが、そんなことを言うなんて)

風俗嬢になら聞かされたことがあったけれど、彼女はごく普通の人妻なのだ。衝撃以外の何ものでもなく、充義は全身が熱くなるのを覚えた。

おかげで、急速に頂上へと向かう。

「あ、あっ、もう」

蕩けるような悦びにまみれ、腰づかいがぎくしゃくする。危ういとわかっていても、最高の快楽を求める気持ちが強すぎて、抽送を止められなかった。

「え、イキそうなんですか?」

辰美に驚いた顔を見せられ、充義は居たたまれなくなった。

「うん……辰美さんの中が気持ちよすぎて」

責任を転嫁すると、人妻がニッコリと笑う。

「いいですよ。このまま出してください」

「え、このまま?」

「わたし、中に出されるのが好きなんです。オチ×チンからあったかいのがドクドクって出てくる感じが、たまらないんです」

そこまで淫らなことを口にされ、射精を我慢できる男がいるだろうか。

「ね、いっぱい出してください」

彼女が腰をくねくねさせる。膣も奥へ誘い込むように蠕動し、全身で放精を促した。これに対抗するのは不可能だ。

「ああ、で、出ます。いく」

充義は観念し、激情の本流に身を投げた。目のくらむ歓喜に巻かれ、桃源郷へと至る。

「くぅううっ」

呻き声と一緒に、体液を噴きあげる。びゅるっ、びゅるっと、二回目とは思えない量がほとばしったのがわかった。

「ああん、出てる。あったかい」

射精を体奥で受け止めて、人妻がうっとりと目を閉じる。それは神々しいまでに綺麗な面差しであった。

4

充義が次に「まぁまぁ屋」を訪れたのは、翌週のことだった。あいだが空いたのは、辰美と顔を合わせるのが気まずかったからである。あの晩のことを、正直後悔していた。

人妻とのセックスについてではない。せがまれるまま膣奥にザーメンを放ってしまい、あとで悔やんだのだ。

もしかしたら、妊娠が目的でおれとしたんじゃないか――？

彼女が帰ったあとで、充義はそのことに思い至った。子供ほしさのあまり、誰のタネでもかまわないという心境になり、年上の男に中出しをさせたのではないのかと。

セックスレスなのに子供ができたら、彼女の夫は絶対に怪しむ、ひと悶着あるのは確実で、ヘタをすれば離婚に至る恐れもあった。

いや、きっと別れるはずである。

そうなったら、辰美が認知を求めるのは確実だ。責任を取って結婚してほしいと、迫ってくるかもしれない。

彼女が魅力的な女性であるのは間違いない。一緒になれるのなら、むしろ幸運と言えよう。

しかしながら、心の準備ができていない。いきなり、あなたの子供を妊娠しました、だから結婚しましょうなんて言われても、まともな返事ができそうになかった。

それゆえ、人妻たちのご飯が食べたくても、もしも辰美がいたらと考えるだけで足がすくみ、店に近づくことすらできなかったのである。

ようやく気持ちの整理がついて「まぁまぁ屋」に来たのは、辰美はそこまで無謀なことはしまいと考え直したからだ。

(いい大人なんだから、後先考えずに行動するはずないよな。いくら酔っていたとしても――)

彼女がアルコールを摂取していたことを思い出し、また躊躇しかける。だが、このところまた忙しくてストレスが溜まっており、美味しいものでも食べないことには乗り切れそうになかった。

そもそも辰美がいるとは限らないのだと自らに言い聞かせて、店の引き戸に手をかけようとしたとき、中からお客がふたり出てきた。前にも見たことがある、老夫婦であった。

「ありがとうございましたー」

明るい声に惹かれるように店内を覗けば、テーブル席を片付けるエプロン姿の若妻が見えた。まさみだ。

（今日の担当は中谷さんなんだな）

辰美ではないとわかってホッとする。先客が出たのと入れ違いに、充義は中へ入った。

「あ、戸渡さん、いらっしゃい」

まさみが笑顔で迎えてくれる。充義の頬も自然と緩んだ。

そのとき、

「あら、戸渡さん、いらっしゃいませ」

厨房のほうから声がして、ドキッとする。そちらにいたのは辰美だったのだ。

「あ、ど、どうも」

動揺を隠せずに頭を下げると、彼女が若妻に声をかける。

「まさみちゃん、もう上がってもいいわ。あとはわたしひとりでだいじょうぶだから」

「そうですか？　それじゃ、お先に失礼します」

まさみはエプロンをはずしながら奥のほうに向かった。バッグを手にして、すぐに戻ってくる。

「ごゆっくりどうぞ」

彼女は小さく手を振りながら、店を出て行った。

「戸渡さん、こちらへお坐りになって」

辰美の声で我に返る。

「あ、はい」

充義は勧められるまま、カウンター席に着いた。

「すぐにできますからね」

「ああ、はい」

人妻の笑顔は、以前の明るいままの彼女だった。

（……考えすぎだったみたいだな）

責任をとるよう迫るつもりなど、さらさらないと見える。疑心暗鬼になりすぎて、被害妄想を起こしかけていたようだ。

テレビのニュース番組をしばらく眺めたあと、思い出してホワイトボードに目を向ける。今日のメニューはニシンと野菜の香味揚げ、トマトソース仕立てであった。

(ああ、美味しそうだ)

名前だけで食欲をそそられる。小鉢で冷や奴がついているのも嬉しい。

(またヘルシーな料理に戻ったみたいだぞ)

ということは、夫にスタミナをつけなくてもよくなったのだろうか。セックスをする相手が見つかったからと。

これからも男が欲しくなったら、彼女は誘いをかけてくるかもしれない。あの晩の、狂おしいまでの快感が蘇り、充義はモヤモヤしてきた。

子供の認知を迫られたらどうしようなどと怯えつつも、あれ以来オナニーのときには、辰美とのめくるめくひとときを思い返し、自らをしごいたのである。そのせいで、ペニスが条件反射的にふくらんできた。

ズボンの上から無意識に高まりをさすっていると、

「お待ちどおさま」

声をかけられ、心臓が止まりそうになる。いつの間にか、辰美が脇にいたのである。

「あ、ああ、どうも」

焦って股間の手をはずし、背筋を伸ばす。目の前に、定食のお盆が置かれた。

お皿には食べやすい大きさに切ったニシンと、色とりどりの野菜。そこにかけられたトマトソースと、揚げ物の香りが食欲を刺激する。脳が早く食わせろと、空腹警報を発令した。

「さ、どうぞ」

「はい、いただきます」

充義は箸を取り、さっそくニシンからいただいた。サクッと心地よい歯ごたえと同時に、魚脂の味と香りが口内に広がる。もともと味つけがされているようだが、トマトソースが抜群にマッチしていた。

「これ、すごく美味しいです。こんなに旨いニシンを食べたのは初めてです」

称賛の言葉に、人妻は嬉しそうに口許をほころばせた。それから、

「わたし、妊娠したの」

さらりと告げられ、頭の回線がショートしたみたいに混乱した。

(え、今なんて?)

ニシンと妊娠がごっちゃになり、なぜだか頭の中に子持ちシシャモが浮かぶ。

言われたことの意味を理解するのに、それから数秒もかかった。

「あああ、あの、それじゃ——」

狼狽し、手にした箸をお盆に落とす。何を言えばいいのかわからなくなり、咄嗟に口から出たのは、

「お、おれの子供ですか?」

という問いかけだった。

「はあ?」

辰美が目を丸くする。続いて、プッと吹き出した。

「な、何を言ってるんですか、戸渡さん?」

からだを折ってお腹をおさえ、クックッと苦しげに笑う。これには、充義はきょとんとなった。

(え、どうして笑うんだ?)

訳がわからずまばたきを繰り返していると、彼女が目元を指で拭う。泣くほど

可笑しかったらしい。

「だいたい、わたしが戸渡さんとしたのは、先週じゃないですか。仮にあのとき受精したとしても、そんな短い期間で妊娠が判明するはずがないでしょ」

言われてみれば、確かにそのとおりだ。

「それじゃあ、子供の父親は?」

「ウチの旦那に決まってるじゃないですか」

きっぱりと言われ、充義は胸を撫で下ろした。幼稚な早合点にも気がつき、顔が熱くなる。

「だけど、旦那さんは全然子作りに協力してくれないって、嘆いていたじゃないですか」

「それはそうなんですけど、実は前に、酔った勢いで寝込みを襲ったことがあったんです。オチ×チンをしゃぶって勃たせて、わたしが跨がったんですけど」

あられもない告白を素面でされて、居たたまれなくなる。何にしろ、辰美はアルコールが入ると大胆になるようだ。

「じゃあ、そのときにできた子供なんですか?」

「ええ。まだお医者さんには診てもらってないんですけど、検査薬で反応が出たので、間違いないと思います」

「そうですか……おめでとうございます」

「ありがとうございます。戸渡さんにも、いろいろとご迷惑をおかけしました」

恥じらいの笑みを浮かべての謝罪に、充義はやれやれと思った。

(てことは、もう辰美さんとできないんだな)

ホッとしたような、がっかりしたような、複雑な気分である。それを見抜いたのであろうか、彼女が身を屈め、意味ありげに目を細めた。

「知ってます？　安定期になったら、セックスもできるんですよ」

囁くように言われ、充義は勃ちっぱなしの分身をビクンと脈打たせた。

第四章　三十二歳の喪失感

1

その晩も「まぁまぁ屋」を訪れた充義は、カウンターの奥から出てきた女性を見て驚いた。初対面だったのに加え、これまで面識のある人妻たちよりも、ずっと年上だったからだ。

彼女はおそらく、還暦近いのではないかと思われる。着けているのもエプロンではなく割烹着で、頭にかぶっているのは手ぬぐいだった。

「いらっしゃいませ。おひとり様ですか？」

「あ、はい」

「では、こちらへどうぞ」

いつものごとく遅い時間で、他にお客はいない。充義はカウンター席を勧められ、椅子に腰掛けた。

すると、彼女が怪訝な面持ちで首をかしげる。

「このお店は初めてですか？」

「ああ、いえ。何度か」

「あら、常連さんだったのね。失礼いたしました」

丁寧に頭を下げられて、かえって恐縮する。

「いえ。常連ってほどでは――」

「だけど、驚かれたでしょう」

「え？」

「わたしみたいなお婆ちゃんが出てきたから」

「ああ、いえ、そんなことは」

「当然ですよね。他の皆さんは、みんなお若いから」

などと言いながら、朗らかな笑顔は少しも卑屈な感じがしない。むしろ品があって、どこぞのお屋敷に住む奥様ではないかと充義は思った。

「実は、鉢嶺さんにお願いされたんです。人手が足りなくなったから、協力してもらえないかって。何でも、赤ちゃんができた方がいらして、しばらく休まなくちゃいけないとかで」

老婦人が説明する。辰美のことだなと、充義は無言でうなずいた。安定期の前で、つわりがひどいのだろうか。

「ただ、ここは子供食堂でしょ。わたしぐらいの年齢になると、子供向けの料理なんか作れないってお断りしたんですけど、そんなに気負わなくてもいいと言われたので、お手伝いをさせてもらうことにしたんです。どうせ時間を持て余している身ですから」

そんな話を聞きながら、何気なくホワイトボードを見れば、メニューは豚肉の生姜焼きとだし巻き卵、それから炊き込みご飯と、ちぐはぐな感じは否めない。とにかく子供が好きそうで、自分が作れるものを選んだというふうだ。

「お客様のお名前は？」

訊ねられて、充義は姿勢を正した。

「あ、戸渡です。戸渡充義」

答えると、彼女がじっと見つめてくる。どことなく探るような眼差しに、何か不審を買っただろうかと落ち着かなくなった。

「戸渡さん、お酒を飲まれますか？」

「え？」

「お仕事帰りですよね。疲れていらっしゃるようだし、ビールでも飲まれたらと思いまして」

事実、今日も残業があって、どうにか八時前に「まぁまぁ屋」に辿り着けたのである。

「そうですね。では、一本いただきます」

「承知しました」

老婦人が冷蔵ケースから瓶ビールを取り出す。栓を抜くと、コップと一緒にカウンターに置いた。

「ああ、そうだわ」

何かを思い出したように、彼女が厨房に戻る。

（調理を始めるのかな？）

飲むのだから、もう少しあとでもいいのにと思いつつ、コップにビールを注ぐ。

間もなく、婦人が小鉢をふたつ手にして出てきた。

「こちらはサービスですので、おつまみにどうぞ」

見ると、蕗《ふき》とタケノコの煮物と、ワラビの佃煮であった。

「昔からの料理ですから、若いひとのお口には合わないでしょうけど」

「そんなことありません。いただきます」

充義はさっそく箸をつけた。薄味の蕗をひと噛みするなり、目の前に浮かぶものがある。

故郷の田舎町の風景と、母の顔であった。

（ああ、この味は……）

懐かしくも忘れ難い。紛れもなく、おふくろの味そのものだった。

子供の頃、食卓にこの手の料理が並んでも、箸をつけることはなかった。見た目も地味だし、どこが美味しいのかさっぱりわからなかったからだ。

けれど、大人になってこういう素朴な味の良さがわかるようになると、今度は食べる機会が著しく減る。外食先でお目にかかることは滅多にないし、たまに帰省したときに、母親の手料理で味わえるぐらいであった。

まさかそれを、こんな近所で食べることができるなんて。

目頭が熱くなる。充義はこぼれそうな涙を手の甲で拭った。

「美味しいです……とっても」

感激の声も震えてしまう。

「そう言っていただけると、わたしも嬉しいですわ」

「これ、奥様が作られたんですよね？」

「まあ、奥様だなんて」

あきれた顔を見せてから、まだ名乗っていなかったのを思い出したらしい。

「あら、ごめんなさい。わたしばかりが伺って、こちらの名前をお教えしていませんでしたね。わたし、高梨《たかなし》と申します。高梨昭子《あきこ》」

「高梨さん……あの、東京のお生まれなんですか？」

「いいえ。こちらには結婚してから参りました」

訊けば、彼女の故郷は充義の生まれ育ったところと、そう離れていなかった。

「おれの家でも、こういう料理がよく出てきましたから、とても懐かしくて」

「そうだったんですか。この店には高齢のお客様もいらっしゃると聞きましたので、こういうもののほうがお口に合うかと、家から持ってきたんです」

東京ではそう食べられないから、きっと喜ばれたに違いない。

「本当に美味しいです」

充義はワラビの佃煮も口に入れた。こちらは醬油の味が濃いめなぶん、ビールによく合う。

「高梨さんも、いっしょに飲みませんか？」

今日が初対面にもかかわらず、充義は昭子にビールを勧めた。故郷の味で高揚した気分を、誰かと分かち合いたかったのだ。

「ええ。それじゃあ、一杯だけ」

彼女は手ぬぐいをはずし、隣に腰掛けた。新しいコップにビールを注ぎ、乾杯する。

「ああ、美味しい」

ひと口飲み、ホッとした笑顔を見せた婦人に、なんだか母親とサシで飲んでいるような気がした。

「煮物も佃煮も、まだたくさんありますから、遠慮なく食べてくださいね」

「はい、いただきます」

そうなるとビール一本では物足りず、二本目も開けることになる。

充義は問われるまま、故郷のことを話した。それから、母親のことも。

「お母様はおいくつ？」

「六十五歳です。いや、六だったかな？」

「それじゃあ、わたしのほうが下なんですね。六十三ですから」

還暦前かと思ったから、かなり若見えではないだろうか。田舎ではなく東京に住んでいるから、あまり老けないのかもしれない。

「高梨さんは、旦那さんとお暮らしなんですか？」

「いいえ。主人は早くに亡くなりました」

「そうだったんですか。すみません」

「いいんですよ。もう十年にもなりますから。幸いにも不動産を残してくれましたので、食べるのには困りませんし」

では、悠々自適の生活を送っているのだろうか。時間を持て余していると言っていたから、趣味を愉しむぐらいで。

「じゃあ、独り暮らしをされているんですか？」

「いいえ。娘とふたりです」

「あ、そうなんですか」

「ただ、実の娘じゃないんですけど」

意味ありげな言葉に（え？）となる。

「実の娘じゃないって？」

「息子の嫁なんです。その息子も、三年前に亡くなりました」

つまり、義理の娘とふたりで暮らしているというのか。

「嫁とは言っても息子と結婚したというだけで、べつに高梨家に嫁いだわけじゃないんです。実家に帰りなさいと何度も言ったんですけど、息子と――亡くなった夫と暮らした家にもう少しいたいからって、わたしと住んでくれているんですよ、小雪《こゆき》は」

「こゆき？」

「嫁の名前です。小さな雪で小雪」

いかにもはかなげで、品のよさげな名前である。古風でもあるから、昔ながらの慣習にのっとって嫁ぎ先に残ったのかと思えば、そうではないらしい。

「本当は、わたしのことが心配なんですよ。年寄りをひとりにさせるわけにはいかないって。小雪は優しい子ですから」

昭子が目を伏せ、小さなため息をつく。息子の嫁のこれからを、案じているようにも見えた。

「おいくつなんですか、小雪さんは？」

「三十二です。まだ若いから、再婚だってできるのに」

亡き夫の面影を引きずり、嫁ぎ先から離れられずにいるのか。それとも、昭子が言うとおり、義母の身を案じて無理をしているのか。本人に会ったことのない充義には、どちらなのかわからなかった。

だいたい、一方の理由のみが正解とも限らないのだ。

(亡くなった旦那さんのことも、お義母《かあ》さんのことも、どちらも気になるのかもしれないしな)

昭子のほうも、自身が夫を亡くしているからこそ、息子の嫁の悲しみやつらさがわかるのではないか。それゆえ、力になってあげたいと苦慮しているのが窺える。きっと何度も、再婚を勧めたのであろう。

とは言え、これぱかりは本人が決心しないことには、どうにもなるまい。

「戸渡さんはおひとりなんですよね?」

「はい、そうです」

「お母様は心配されているんじゃないですか? 早くお嫁さんをもらってほしいって」

「まあ、そうでしょうけど。今は仕事をこなすのが精一杯で、とても女性とお付き合いをする余裕なんてありません」

それは単なる言い訳でしかなかったろう。仮に余裕があったとしても、気軽に異性を誘えるような性格ではないのだ。

「男のひとは大変ですね」

しみじみとうなずいた昭子が、ビールを注いでくれる。

「あ、どうも」

杯を受け、充義はコップに口をつけた。共感してもらえたおかげで、かえって自己嫌悪が募り、飲まずにいられなくなる。

(仕事のせいにしちゃいけないんだよな。おれがだらしないだけなのに……)

なまじ人妻たちといい思いができたものだから、調子に乗っていたのかもしれない。彼女たちには決まったパートナーがいて、ほんの一時の戯れに過ぎないというのに。

「戸渡さんは、いずれはお国へ帰られますの?」

「それも決めていません。継ぐような家業もないですし、このまま東京に骨を埋めてもかまわないんですけど」

「そうなんですか。でも、できるだけ早く結婚して、お母様を喜ばせてあげなく

なる。

昭子の言葉に無言でうなずいたところで、頭がぼんやりしてきた。眠気も強くなる。

（あれ、もう酔ったのかな？）

量はそれほど飲んでいないのだが、疲れていたせいでアルコールの回りが早まったらしい。ビールはこのぐらいにして、すぐに食事を済ませて帰ったほうがよさそうだ。

「あの、すみません――」

定食をお願いしようとしたところで、充義の記憶はふっつりと途切れた。

2

気がつくと、充義は蒲団の中にいた。

（……あれ、いつの間にアパートへ帰ったのかな？）

まだ重い瞼を開こうとしたとき、ここが自分の部屋ではないことに気がつく。

敷き布団も上に掛かっているものもふんわりと柔らかで、洗い立てのようないい匂いがしたからである。

さらに、脇に誰かがいる気配がした。

（どこだ、ここ？）

胸がドキドキと、不穏な高鳴りを示す。今に至る過程を懸命に思い返そうとしたものの、「まぁまぁ屋」のカウンターでビールを飲んだあとのことが、記憶からすっぽりと抜け落ちていた。

ということは、あの場で酔い潰れたのか。

しかしながら、深酒をした翌朝にありがちな、頭痛も嘔吐感もない。むしろよく眠ったあとみたいに、疲れが抜けて楽になっていた。

どうやら酔い潰れたのではなく、寝落ちしたようである。疲労が溜まっていたから、アルコールで眠気が強まったのだろう。夢も見なかったし、深い眠りで体力が回復したらしい。

問題は、どこに寝かされているのかということであった。

「まぁまぁ屋」の奥にある茶の間かとも考えたが、あそこにはこんなふかふかな蒲団などなかったはず。畳の匂いもほのかに感じられるから、どこかのお屋敷の、客間か座敷ではあるまいか。

(もしかしたら、高梨さんの家なのか?)

一緒に飲んでいた老婦人を思い出す。では、昭子が家まで連れ帰ったというのか。

しかしながら、還暦を過ぎた女性が、大の男をひとりで抱えられるとは思えない。お客が寝込んだからと、責任者である夕紀恵に連絡をして、迎えを頼んだとも考えられる。

だとすれば、鉢嶺家である可能性もあった。

どちらなのか確認するのは容易である。さっきから気配のする、脇にいる人物に訊ねればいいのだ。

いや、目を開けて顔を確認すれば、すぐにわかるかもしれない。おそらくは、昭子か夕紀恵のどちらかであろうから。こうして見守っているということは、それほど遅い時刻ではないのだろう。

充義は薄目を開けた。寝落ちしたことが恥ずかしかったし、今は顔を合わせるのも気まずい。確認して安心したら、朝まで眠るつもりでいた。

室内を照らすのは、常夜灯のオレンジの光だ。天井の大きさからして、けっこう広い部屋のようである。

目玉を動かし、気配がするほうを窺えば、果たして女性の上半身が見えた。きちんと背筋を伸ばして坐っているから、あるいは正座しているのか。

だが、天井からの薄明かりで陰影を濃くした面差しに、見覚えはなかった。

（え、誰だ？）

年齢は三十歳ぐらいであろうか。「まぁまぁ屋」の人妻たちと一緒の世代だが、店で会った記憶はない。

彼女たちのグループには、食堂を手伝えないメンバーもいると聞いた。そうすると、その中の誰かなのか。

髪を後ろでまとめた、純和風の面差し。絵に描いたように整って、高貴な印象を与えられる。白いブラウスを着ているためもあるのだろうか。どことなく浮世離れした感じもあった。

そのとき、また別の可能性が脳裏に浮かび、充義は焦って瞼を閉じた。もしかしたら、見てはいけないものを見てしまったのかと思ったのだ。

（ひょっとしたらこいつは……）

蒲団の脇にいるのは、この世の存在ではないのかもしれない。すなわち、幽霊――。

そんなふうに思ったのは、薄目で確認した女性が寂しげな表情で、思い詰めているようにも感じられたからだ。男が眠る蒲団の脇に坐っているのも、いかにも幽霊っぽい。

（南無阿弥陀仏、南無阿弥陀仏——）

充義は心の中で念仏を唱えた。ところが、女の気配は消えない。相変わらずそこにいるようながら、恐怖のために目で確認することができなかった。

そのとき、

「あなた……」

つぶやく声が聞こえてドキッとする。間違いなく、脇にいる女性の声だ。

途端に、胸に巣くっていた霧がすっと晴れた。彼女が誰なのか、直感的に理解したのだ。

（それじゃあ、このひとは——）

昭子の息子のお嫁さんではないか。名前は小雪。

未亡人である彼女は、今も昭子と暮らしていると聞いた。義母を気遣ってなのであろうが、伴侶を忘れられないのも確からしい。今の『あなた』は、亡き夫を思い出してのものなのだ。

その言葉がどうして自分に向けられたのか、充義にはわからなかった。

(おれが亡くなった旦那さんに似ているのか?)

いや、男の寝顔なんて、ずっと目にしていないのだろう。べつに似てなくても、夫を思い出したのかもしれない。

すると、彼女が膝を進めてくる気配があった。

「あなた」

呼びかける声が、よりはっきりと聞こえる。思わず返事をしそうになり、充義は唇を引き結んだ。

(今でも旦那さんを想っているんだな)

こんな綺麗な奥さんに、亡くなったあとも慕われるとは、なんて幸せ者なのか。死んでしまえば、元も子もないのだけれど。

小雪は三十二歳で、三年前に夫を亡くしたと聞いた。つまり、辰美と同じ年で独りになったのである。

一方は同じ年で子供ができ、幸せ真っ盛りだというのに。人生とはなんて皮肉なのだろう。

(気の毒だよな、本当に)

充義は、小雪に同情せずにいられなかった。

だが、義母の昭子も心配していたし、そろそろ前向きに進むべきである。いつまでも嘆いてばかりでは、亡き夫も浮かばれないのではないか。

そのとき、頰に触れるものがあった。柔らかくなめらかで、石鹼の香りがする
それは、未亡人の手に間違いない。

（ああ……）

すりすりと撫でられ、充義はうっとりとなった。

こんなふうに頰を撫でられるのなんて、いつ以来であろうか。本当に幼い頃には、両親や親戚から同じことをされたと思われるが、記憶としては残っていない。

物心がついてからは、なかったかもしれない。

それゆえ、甘美なものが胸に満ちる。

見ず知らずの男に触れたくなるほど、小雪は寂しさを募らせていたのだ。だったら好きにさせてあげようと、充義は眠ったフリを続けた。自分が撫でられたかったためもある。

すると、彼女の手が移動する。頰から顎、首のほうへと。

「むふッ」

くすぐったさに、充義は思わず鼻息をこぼした。（まずい）と焦ったが、幸いにも、小雪はこちらが起きていると気づかなかったらしい。

というより、眠っている男を愛でることに夢中で、反応など気にしていない様子である。

（旦那さんが恋しくて、たまらないんだな）

仮に充義が瞼を開いても、夫と見なして抱きついてくるかもしれない。

未亡人の手が、掛け布団の内側に入り込む。そこに至って、充義は自分が素肌に浴衣を着ていることに気がついた。

（昭子さんと小雪さんが、着せてくれたのかな）

ふたりがかりで家まで連れてきて、床に就かせてくれたのではないか。その前に、寝間着に着替えさせて。

ただ、ブリーフはちゃんと穿いている。さすがにそこまでは脱がさなかったようである。まあ、脱がす必然性もないけれど。

有り難いと感謝する反面、女性たちに下着姿を見られたのは、さすがに恥ずかしい。昭子ならともかく、小雪は元人妻とは言え、自分よりも若いのだ。まさみや辰美のように、肉体を繋げた相手なら別であるが。

亡き夫を偲び続ける未亡人とは、さすがにそういう関係にはなれまい。思ったものの、彼女の手が浴衣の襟元から入り込んだことでうろたえる。

（え、何を？）

最初は、鎖骨から胸の中心あたりをさすっていたのである。その範囲が徐々に広がり、故意になのか、指先が乳首をクリクリと転がした。

「……うう」

くすぐったくも妙に快く、呻きがこぼれる。これも充義には意外であった。

（どうして乳首が感じるんだ？）

男にとって、無用の長物でしかない存在なのに。

実は、男性の乳首も性感帯であるという週刊誌の記事を読んで、自分で試したことがあったのだ。しかし、いくら触れても何も感じなかった。風俗で乳首舐めをされたときにも、くすぐったくてムズムズするだけで、特に気持ちいいとは思わなかったのである。

なのに、今は明らかに快感を得ている。たまらず腰をくねらせてしまうほどで、呼吸もはずんだ。

いかにも清楚で淑やかな未亡人に愛撫をされたから、悦びが大きくなったのであろうか。眠っているところを悪戯されるというシチュエーションに、背徳感が高まっていたせいもありそうだ。

乳首への刺激が、下半身も甘く痺れさせる。ブリーフの中で分身がムクムクと膨張するのを、充義は自覚した。

(……どこまでするつもりなんだ?)

小雪の手が下半身にまで進んだらまずい。勃起しているとわかったら、起きているのを悟られてしまう。

その一方で、ペニスをさわってほしいという欲望もふくれあがった。できれば射精まで導いてくれたらと願う。

(――て、そんなことをするはずないじゃないか)

劣情にまみれた願望を、充義は心の中で一笑に付した。夫を忘れられない貞節な未亡人が、痴女じみた行ないをするわけがない。

今は夫を偲ぶあまり、目の前の男を代用にして、寂しさを紛らわせているだけなのだ。度を超した期待などするべきではない。

などと自らに言い聞かせながらも、小雪の手が胸元からすっと離れると、大いに落胆した充義である。

（ま、そうだよな）

仕方ないと諦めの吐息をこぼした直後、脚のほうが涼しくなった。掛け布団をめくられたのだ。

そして、まさかと思う間もなく、浴衣の裾から手が入る。膝から腿を、慈しむように撫でられた。

（嘘だろ……）

背すじがゾクゾクする快さに、太い鼻息がこぼれる。反応しまいと堪えても、腰が自然とくねるのを抑え込むことはできなかった。

充義が眠っていると信じているのか、彼女は愛撫をやめない。むしろ、より大胆になっているようだ。

あるいは、起きてもかまわないぐらいの気持ちなのか。それとも、ただ我を忘れているだけなのか。

どちらともつかぬまま、手が股間へと進む。ついにしなやかな指が、牡のシンボルを捉えた。

「く――」

ブリーフ越しに高まりを握られ、快美に目がくらむ。腰が反射的にガクンとはずんだ。

「ああ……」

感に堪えないふうな声が聞こえる。小雪は昂奮状態であるのを怪しむことなく、むしろ喜んでいるのが窺えた。

(おれのこと、本当に旦那さんだと思い込んでいるのか?)

喪失感と寂しさを募らせたあまり、現実と妄想の区別がつかなくなったのだろうか。

もしも正気を失っているのだとしたら、このまま続けさせるのはまずい。未亡人に取り込まれ、この場所から抜け出せなくなる気がしたのだ。

とは言え、さっき薄目で確認した美貌は、そこまで病んでいるふうには見えなかった。昭子も、息子の嫁を優しい子だと褒めていたし、そもそも嫁がおかしくなっていたら、誰も家に入れないはずだ。

やはりこれは、寂しさを募らせてのことなのだと結論づけたところで、高まりの手がはずされた。

(さすがにここでストップか)

もっと気持ちよくしてもらいたかったと、浅ましいことを考える。しかし、下穿きのゴムに指をかけられたことで、これで終わりではないのだとわかった。

(え、それじゃ――)

直にペニスを愛撫してくれるというのか。

充義は悟られぬよう、尻をわずかに浮かせた。そのため、ブリーフは難なく脱がされてしまう。

「あん、すごい」

小雪のつぶやきが聞こえる。逞しい牡に魅入られたふうだ。おかげで、欲情の証を見られた恥ずかしさよりも、誇らしさが勝った。

自由を得た肉根が、いっそうふくらんだ感がある。雄々しく脈打つそれを、未亡人の手が包み込んだ。

(うわ、気持ちいい)

充義は思わず腰を浮かせた。これまで握ってくれた誰の手よりも柔らかで、うっとりする快さが海綿体にまで染み込むようであった。

「硬いわ」

感想を述べ、小雪が手を上下に動かす。包皮をスライドさせ、適度な刺激で摩擦する手淫には、情愛が感じられた。

(旦那さんのも、こんなふうに気持ちよくしてあげたんだろうな)

閨房で学んだというより、愛しさゆえに身についたテクニックのように思える。

それゆえ、充義も上昇を禁じ得なかった。

何しろ、彼女は陰嚢にも手を添え、優しく揉んでくれたのである。

(うう、よすぎる)

すぐにでも発射しそうになり、焦って奥歯を嚙み締める。熱い粘りが尿道を伝う感じがあったから、カウパー腺液が早くも洩れ出しているようだ。

「まあ、こんなに」

小雪の嬉しそうな声で、やはりそうなのだとわかる。彼女は指を切っ先に触れさせ、先汁をヌルヌルと塗り広げた。

「う──むうぅ」

くすぐったさの強い快感に、目がくらむ。指頭は敏感なくびれもこすり、充義はいよいよ危うくなった。

(まずい。出る)

ペニスを愛撫されてから、それほど時間は経っていない。けれど、その前にあちこちを愛おしむように撫でられたことで、エロチックな気分がかなり高まっていたのだ。

その上で、最も感じるところを責められたものだから、堪え性がなくなったのである。

終末が近づいたのを悟ったのか、手の上下運動が速度をあげる。握る力も強まったから、精液を出させようとしているのは間違いあるまい。

ここでヘタに我慢したら、小雪はさらに大胆な行動に出るかもしれない。未亡人にそこまでさせるのは忍びなく、ならばさっさと終わらせるべきだろう。

充義は悦楽の奔流に身を任せた。彼女がまた玉袋を揉み撫でてくれて、歓喜の渦に巻き込まれる。

「むううう」

抑えようもなく呻きがこぼれ、下半身が跳ねる。頭の中でパッパッと、快美のフラッシュがまたたいた。

びゅるッ——。

ザーメンが勢いよくほとばしる。

「やん」

小さな悲鳴をこぼした小雪は、手を止めることなく動かし続けた。そうすることが男を歓ばせると、知っていたのだろう。

おかげで、蕩ける愉悦を伴った射精が続く。

（ああ、こんなのって……）

からだのあちこちが、ビクッ、ビクンとわななく。深い悦びにまみれ、充義は情欲のエキスをたっぷりと吐き出した。

放精がやんだあとも、小雪は名残を惜しむように陽根をしごいた。軟らかくなってから、ようやく手をはずす。

「ふう」

ひと息ついた彼女が、立ちあがる気配があった。

（え？）

オルガスムスの余韻にひたりながらも薄目を開ければ、襖を開けて外に出る未亡人の後ろ姿が見えた。そのとき初めて、彼女が黒いスカートを穿いていたことがわかった。

清楚な身なりに、本当にあのひとがペニスを愛撫したのかと、疑問が頭をもたげる。淫らな夢を見ていたのではないだろうか。

下腹や腿に落ちた体液が、徐々に冷えてくる。居心地の悪さが、現実の出来事であると教えてくれた。

(まさか、このまま放っておかれるんじゃないよな)

充義は不安を覚えた。小雪が戻ってこない気がしたのだ。

だからと言って自分で後始末を始めて、彼女が現れてもまずい。動くこともできず困っていると、こちらに近づいてくる足音がした。

(ああ、よかった)

襖を開けて入ってきたのは、小雪であった。手に金属製のタライを持っている。

どうやら下半身を清めてくれるらしい。

彼女が脇に膝をついたところで、充義は薄目を閉じた。

タオルを絞る水音が聞こえる。ちゃんとお湯をくんできてくれたようで、太腿に当てられたタオルは温かだった。

(気持ちいいな)

肌を丁寧に拭われる心地よさに陶然となる。添えられる手の柔らかさも、官能的な気分を高めてくれた。

太腿の次は下腹、最後に牡のシンボルにタオルが当てられる。

軟らかな器官をほんのりザラつく布で拭かれ、悦びがぶり返した。感じやすい段差のところはもちろん、陰嚢や腿の付け根も清められ、申し訳なくも快い。

海綿体が血液を集め、五割ほどふくらんだようである。さすがに硬くはならず、ふにゃっとしたままだった。

作業を終えると、小雪がため息をつく。

「……何をしてるのかしら、わたし」

やり切れないというつぶやき。充義はまた薄目を開けた。

彼女は悲しげな面持ちであった。視線は萎えた秘茎に向けられているようながら、欲望に駆られた様子は微塵もない。むしろ、さっきの行ないを後悔しているかに見える。

寂しさに抗えず、言葉すら交わしていない男のイチモツを弄んだのだろうが、そんなことで心が満たされるわけがない。自らがしたことを悔やみ、罪悪感が募るばかりであったろう。

（つらいんだな、小雪さん……）

心が壊れそうな未亡人に憐憫を覚える。このままにしてはおけないと、充義は瞼を開いた。

「小雪さん――」

呼びかけると、美貌が瞬時に強ばる。こちらを向くなり狼狽をあらわにし、腰を浮かせかけたのがわかった。

充義は急いで身を起こすと、逃げられる前に彼女の腕を摑んだ。

「ご、ごめんなさい。わたし」

小雪が声を震わせて謝る。目から涙がこぼれ落ちたのを見て、激しい情動が胸に満ちた。

気がつけば、彼女を強く抱きしめていた。

「いいんです。小雪さんがつらいことは、ちゃんとわかっていますから」

告げると、しゃくり上げる声が聞こえる。ふたりは互いを求め合うように、熱い抱擁を続けた。

3

小雪が落ち着くのを待ってから、蒲団の上で向かい合う。充義はまず、自分のことを話した。

独り身で、「まぁまぁ屋」での食事が楽しみだったこと。今夜は昭子にビールを勧められ、疲れていたせいか眠くなり、店で寝落ちしたらしいことなどを。

そのあたりのことは義母から教えられていたのか、小雪は小さくうなずきながら聞いていた。

「小雪さんの話は、お義母さんから聞いたんです。それで、蒲団のそばにいるあなたを見て、初対面だったけれど、きっとそうなんだってわかったんです」

「じゃあ、ずっと起きていらしたんですか？」

責めるような眼差しに、充義は気まずさを覚えた。しかし、ここは正直に打ち明けるしかない。

「はい。声をかけづらかったものですから、眠っているフリをしていました。ごめんなさい」

謝ると、彼女は仕方ないというふうに目を伏せた。非難できる立場ではないと、わかっているのだ。

「……わたし、お義母様から電話をいただいて、お店に車で迎えに行ったんです。そうしたら、戸渡さんが眠っていらして。お義母様とふたりで戸渡さんを車に乗せて、家までお連れしたんです」

「おれを運んで、車に乗せたんですか？」

女性ふたりでは大変だったに違いないと思えば、そうではなかった。

「運んだというか、お義母様とふたりで両側から支えたら、戸渡さんはちゃんと歩いてくださいました。そんなに大変じゃありませんでしたよ」

夢も見ないでぐっすり眠っていたと思ったのに、無意識に歩いたらしい。帰巣本能でも働いたのであろうか。

「家に入って、浴衣に着替えていただいたときも素直にうなずいてらしたので、もしかしたら起きているのかと思ったんです。でも、蒲団に横になったら、とても気持ちよさげに眠ってしまわれました」

「すみません……余所様のお宅で図々しい真似を」

恥じ入って謝ると、小雪は「いいえ」と首を横に振った。

「わたし、こう言っては何ですけど、楽しかったんです」

「え?」

「男のひとのお世話をするのが、久しぶりだったものですから」

おそらく、夫を亡くして以来ということなのだろう。

「お義母様は、すぐにご自分の部屋でお休みになったんですけど、わたしは戸渡さんのことが気になって、そばについていたんです」

「気になったというのは？」

「……寝顔を見ていたら、主人のことを思い出したものですから」

眠っている充義に『あなた』と声をかけたのは、やはり亡き夫の面影と重なったためだったのだ。

「おれって、亡くなった旦那さんと似てるんですか？」

「似てるというわけではないんですけど……受ける印象というか、誠実そうな人柄に通じるものを感じたんです」

自分を誠実な人間だなんて思ったことはなく、充義は背中がくすぐったくなった。まあ、あくまでも印象だけの話であろうが。

そのとき、ふと思い出す。「まぁまぁ屋」で、昭子にまじまじと見つめられたことを。

(もしかしたら高梨さんも、おれが息子さんに似ていると思ったのかも)

だから連れ帰ったというわけでもないのだろうが、他のメンバーに連絡せず対処したのは、嫁に会わせたかった部分もあったのではないか。興味を惹かれるに違いないと踏んで。

(小雪さんがいつまでもひとりでいるのを心配していたし、おれと引き合わせて、

他の男に目を向けさせようとしたんだとか）

さすがに寝込みを襲わせるつもりはなかったにせよ、結果的に、小雪は充義に手を出したわけである。ビールを勧めたのも、酔わせて眠らせるためだったのかとも訝ったが、さすがにそれは考えすぎであろう。

「それで、眠っている戸渡さんを見ているうちに、なんだかあのひとが目の前にいるように思えて、触れずにいられなくなったんです。そうしたら、肌の感じが懐かしくて、つい夢中になってしまいました」

未亡人がクスンと鼻をすする。俯いて、「すみません」と涙声で謝った。

射精に導いたのも、男のからだを懐かしく感じてだったのだ。終わったあとで我に返り、後悔したところで充義が声をかけたわけである。

（おれは知らないフリをして、眠っていたほうがよかったんだろうか）

かえって小雪を辱めることになった気がする。

しかし、もしも声をかけずに去らせたら、おそらく彼女は自己嫌悪を募らせ、ますます殻に閉じこもるようになったのではないか。それよりは、これを新しい一歩を踏み出す機会にするべきだ。

「小雪さんは、今でも亡くなった旦那さんを忘れられないんですね」

優しく訊ねると、彼女がうなずく。また小さく鼻をすった。

「それでいいと思います」

「……え？」

「愛したひとを忘れられないのは当然です。おれだって、昔好きになった女の子を、未だに思い出すことがありますから」

たとえが青くさかったかなと、充義は言ってから恥ずかしくなった。

「ただ、忘れられないからといって、いつまでも同じところにとどまっているのは違うと思うんです。亡くなった旦那さんも、小雪さんがいつまでも悲しみに暮れていては、安心できないでしょうから」

小雪が顔を上げる。縋るような眼差しを充義に向けた。

「……そうでしょうか？」

「ええ、きっと。だから、旦那さんへの気持ちを大切にしながら、次に進めばいいんです。人生は長いんですから」

潤んだ目をじっと見つめ、きっぱりと告げる。柄にもないことをと、正直気恥ずかしかったものの、これも彼女のためなのだと真面目な顔を保った。

「……やっぱり似ています。主人と戸渡さんは」

感激をあらわに小雪が言う。

「今、あのひとに諭されているような気がしました」

まだ亡くなった夫を引きずっているのかと、充義は落胆しかけた。すると、彼女が縋りついてくる。

「でも、戸渡さんは主人じゃありません。匂いだって違いますから」

胸元でクンクンと鼻を鳴らされ、居たたまれなくなる。浴衣に着替えさせられただけで、一日働いたあとの汗くささはそのままなのだ。

「違っていても、こんなに安心できるんですね。不思議です」

その言葉で、未亡人の殻が破られたのを悟る。

「それが男と女ってものですよ」

気障な台詞に赤面しつつ、彼女の背中に腕を回す。慈しむようにさすってあげると、温かな吐息がこぼれた。

「……わたし、戸渡さんとお会いできてよかったです」

「おれもです」

女体の柔らかさと、甘いかぐわしさにもうっとりしていると、小雪の手が浴衣の膝に触れてきた。向かい合ったときに裾を直して、さっきあらわにされた股間は隠れているが、また確かめたくなったようである。

（小雪さんだって女なんだ）

男を求めたくなるのは、ごく自然なことである。ならば自分もと、手を下半身へ移動させた。

「あ……」

スカート越しに丸みを撫でると、彼女がわずかに身をよじる。けれど、抵抗はしない。

むしろ、勇気を与えられたみたいに、柔らかな手が浴衣の中へ入り込んだ。内腿を撫で、少しずつ牡の中心へと向かう。

快さへの期待がふくらみ、ペニスもふくらむ。だが、小雪はなかなかそこに触れてこなかった。夢中になっていた先ほどと異なり、自身を取り戻している今は、大胆に振る舞えないのか。

充義はそっと身を剝がし、わずかに頰を染めた美貌を正面から見つめた。

「小雪さん」

名前を呼び、顔を近づける。ふたりの唇が接近した。

辰美のときのように、もしかしたら拒まれるかもしれない。唇は亡き夫のものだと、未亡人の貞節がくちづけを許さない可能性があった。

そう覚悟していたものの、彼女が瞼を閉じる。受け入れてくれるのだ。

充義は小雪の唇を奪った。

「ンふ」

小さな息をこぼした女体が、切なげにくねる。唇が緩み、舌も受け入れてくれた。

それと同時に、指が筒肉に巻きつく。

（ああ、気持ちいい）

もたらされる悦びに、充義は腰をブルッと震わせた。こんなにも快い指があるのだろうかと、感動せずにいられない。

そのため、舌をいっそう深く侵入させてしまう。彼女も怖ず怖ずとながら、自分のものを絡みつけてくれた。

くちづけを交わしながら、充義は手探りでブラウスのボタンをはずした。途中で唇を離すと、小雪が恥じらって目を伏せる。

そのくせ、牡の強ばりをニギニギと刺激した。

「小雪さんの手、とっても気持ちいいです」

「やだ……そんなことないでしょう」

「本当です。握られただけでこんなに感じたのは、初めてなんです」

「……だからあんなに？」

問いかけて、頬を赤らめる。はしたない質問だったと気がついたようだ。

「ええ。たくさん出たんじゃないですか？」

代わりに確認すると、「ええ」とうなずく。それから上目づかいで、「いじわる……」とつぶやいた。

（くそ、可愛い）

三十二歳の未亡人。淑やかな物腰は年齢相応ながら、女を垣間見せた面差しにはあどけなさがあった。

「だったら、またよくなってください」

握り手が上下し、極上の快感を与えてくれる。また射精させるつもりなのか。しかし、一方的に愛撫されるだけでは、本当の満足は得られない。

「いや、駄目ですよ」

手首をそっと押さえて制止させると、小雪が戸惑いを浮かべた。

「え？」

「おれは、ふたりで気持ちよくなりたいんです」

ブラウスの前を開いたことで、彼女も察したらしい。強ばりから手をはずし、袖から腕を抜いた。

ブラジャーは白だった。アウターも下着も清楚そのものだ。おそらくパンティも白だろう。

それを確認するためでもなかったが、黒いスカートにも手をかける。すると、小雪が後ずさった。

「あの、あとは自分で――」

男に脱がされるのは、淑女のたしなみとしてアウトなのか。いや、単に恥ずかしかったようだ。

小雪がためらいがちにスカートをおろすのを見ながら、充義は帯をほどいた。浴衣も肩からはずし、素っ裸になる。そうすれば、彼女も脱ぎやすいと思ったからである。

股間に反り返る肉根をチラ見して、未亡人はすぐに目を逸らした。さっきはじっくり観察していたのに、やはり男の目があると大胆になれないのか。

意外にも、パンティは黒であった。レース飾りもないシンプルなもので、セクシーさではなく穿き心地で選んだのかもしれない。

だいたい、ずっと独りだったのだから、男をその気にさせる必要はなかったのだ。それでも、小雪の下着姿は充分に煽情的であった。

(ああ、素敵だ)

ほっそりしたからだは、乳房のふくらみも控えめだ。一方で、ウエストのくびれが際立つほどに、腰回りが充実している。スカートの上から触れたおしりも、ふっくらしてボリュームがあったのだ。

「そ、そんなに見ないでください」

彼女が涙目で恥じらう。膝立ちになって手をのばし、蛍光灯の紐を引っ張った。

「え?」

真っ暗になり、充義は焦った。明かりを点けようと立ちあがり、手を振り回したものの、蛍光灯の紐は触れなかった。

仕方なく諦め、蒲団に膝をつく。どこかにいるはずの小雪を、手探りで探した。

(あ、ここだな)

掛け布団がこんもりと盛りあがっている。彼女はその中にいるらしい。

端っこを持ちあげ、充義は身を滑り込ませた。果たして、温かくなめらかな肌が触れる。

待ち構えていたみたいに、彼女のほうから抱きついてきた。

女体をまさぐれば、すでにブラジャーもパンティも身に着けていなかった。最後までする気になっているのだとわかり、大いに胸がはずむ。

「小雪さん」

呼びかけても返事はない。代わりに、顔が接近してくる。見えなくても、気配でわかった。

今度は彼女のほうから、唇を重ねてきた。

口づけを交わし、互いの肌をまさぐる。おっぱいはなだらかな盛りあがりながら、乳首を摘まむと切なげに鼻息をこぼした。感度はよさそうだ。

「ふは――」

息が続かなくなったか、唇がはずされる。ハァハァと、せわしない呼吸が聞こえた。

こんなふうに、完全な闇の中で女性と抱き合うのは初めてだ。新鮮であり、淫靡な感じもある。本来は暗いところでするべき行為なのだろうが、明かりがあるところでするのに慣れきっていたようだ。

ただ、見えないからこそ、思い切ったことができそうでもある。

小雪の下半身に手を這わせ、ナマ尻を揉む。モチモチした感触は癖になりそう。肌が手に吸いつく感じもあったから、汗ばんでいるのかもしれない。

「ああん」

彼女がなじるように喘ぎ、勃起を握る。ゆるゆるとしごいて、歓喜の苑へと誘ってくれた。

(アソコをさわってほしいのかも)

ねだるような愛撫から察して、手を後ろから前に移動させる。腿の付け根に指を差し入れると、絡みつく恥毛の狭間に蒸れた熱さを感じた。

「いやぁ」

内腿がギュッと閉じられる。本当はさわられたいのに抵抗するのは、かつて人妻だったがゆえの慎みからなのだ。

ここは真に求めていることをしてあげるべきだと、指をさらに侵入させる。

ヌルッ……。

すべる感触があり、肉の裂け目に指先が入り込んだ。

「だ、ダメです。そこは——」

泣きそうな声で訴えながらも、女芯はもっとさわってとせがむみたいに、いやらしく息吹いていた。

「ここ、濡れてますよ」

耳元に囁くと、「イヤイヤ」と嘆く。咎めるように筒肉を強く握った。

「おれと同じですね」

「……え？」

「おれのも濡れてるでしょう」

小雪のもう一方の手が、亀頭をまさぐる。鈴口に滲む先走りを、柔らかな指頭で粘膜に塗り広げた。

「こんなに……」

「ちょっと、そんなにしたら、またイッちゃいますよ」

充義が声を震わせたことで、安心したのではないか。ほほ笑んだのが、気配でわかった。

「あ、ごめんなさい」

穂先を刺激していた指を、今度は牡の急所へ向かわせる。さっきと同じように、優しく揉んでくれた。

「ああ、それもタマんないです」

ちょっとしたシャレのつもりだったが、彼女には伝わらなかったようだ。

「男のひとって、ここも気持ちいいんですね」

納得した口ぶりだったから、亡くなった夫も感じたのだろう。

「誰にされてもいいわけじゃないです。小雪さんの手だから気持ちいいんです」

お世辞でなく告げても、返事はなかった。照れくさかったのかもしれない。

充義も指を動かし、濡れ苑を探った。

「あふン」

小雪が鼻にかかった声を洩らす。今度は拒むことなく、愛撫を受け入れてくれた。

「わ、わたしも気持ちいいです」

正直に打ち明けてくれるまでに、心が通い合ったようだ。

指に絡む愛液は粘っこい。蜜穴の入り口を軽くこすると、どんどん溢れてくる。

かなり濡れやすいようだ。

(なのに男を絶っていたなんて、つらかっただろうな)

心は夫ひと筋で貞操を守っていても、肉体は抱いてくれる男を待ち望んでいたのではないか。

充義は敏感な花の芽を探し、指先でこすった。

「あ、あぁっ、そこぉ」

乱れた声を発した小雪が、縋るように唇を重ねてくる。口を塞いで、よがり声を抑えようとしたのか。

くちづけに応えながら、充義はなおもクリトリスを責めた。もう一方の腕も、脚も彼女に絡みつけて、逃がさないようにして。

「むふッ、ふん、むううう」

口許や鼻から息を洩らし、熟れたボディが悶える。もはや牡を愛撫する余裕をなくしたのか陰嚢の手がはずされ、ペニスもただ握っているだけになった。

今のうちにと、ターゲットを絞って喜悦を与える。小雪が感覚を逃さないよう、指先に神経を集中させて。

彼女の腰回りや太腿が、ビクリ、ビクリと痙攣する。順調に高まっているのが伝わってきた。

(もう少しだぞ)

蜜汁ですべる指を秘核からはずすことなく、細かく震わせる。「むーむー」と呻いていた小雪が、とうとうくちづけをほどいた。

「だ、ダメ……イッちゃう」

極まった声をあげるなり、裸身がワナワナと震えた。

「あああ、イク、イクの、も、ダメぇええええっ！」

ガクンガクンと暴れる女体にしがみつき、なおも肉芽をこすり続ける。

「イヤイヤ、い――イクイクイクゥッ！」

あられもなく嬌声をほとばしらせ、未亡人は絶頂した。肉体を強ばらせ、

「うっ、ううッ」と苦しげに呻く。

程なく、緊張が一気にほぐれたみたいに脱力した。

「ふはッ、はぁ――はふ……」

深い息づかいが聞こえる。暗闇で見えないものの、整った面差しが淫らに蕩けているに違いない。

そんなところを想像したら、矢も盾もたまらなくなった。

ぐったりして仰向けている小雪に、充義はからだを重ねた。見えないままに、彼女の脚のあいだに膝を割り込ませ、肉槍の穂先で女陰をまさぐる。

（ここかな？）

見当をつけたところに押し入ろうとしたものの、狙いがはずれていたらしい。行く手を完全に遮られた。

(あれ、どこだ?)

もう一度試みたが、挿入が遂げられない。焦りを覚えたとき、

「挿れるんですか?」

気怠げな問いかけが聞こえた。

(あ、まずい)

悪戯を見つかった子供みたいに、充義は首を縮めた。了解を求めることなく肉体を繋げようとしたことを、なんて卑劣だったのかと後悔する。

すると、彼女が両膝を立て、牡腰を迎える姿勢になった。猛るものも、しなやかな指で捉えられる。

「ここに――」

導かれたところは、じっとりと湿った入り口であった。

(いいのかな?)

お膳立てを整えてもらいながら、今さらためらいを覚える。もしかしたら、小雪はオルガスムスのあとで判断力を失い、訳がわからぬまま受け入れようとして

いるのではないかと思ったのだ。

けれど、そうではなかった。

「挿れてください、戸渡さん」

名前を口にされ、ちゃんと状況を理解していることが明らかとなる。先端が浅くめり込んだ膣口も、早くしてとせがむみたいにすぼまった。

ならば遠慮はいらないと、女体の源へダイブする。

ぬぬぬ――。

ふくらみきった分身が、狭い通路を圧し広げて入り込んだ。

「あふぅ」

小雪が喘ぎ、身を震わせる。ペニスを迎えた濡れ窟が、キュウッとすぼまった。

(ああ、すごい)

彼女の中は熱かった。絶頂した直後だからなのか。

しかも、トロッとした感じの粘膜が、隙間なくまといついている。

(これ、動いたら、中がグチャグチャになるんじゃないか?)

などと、あり得ないことを考えてしまう。

それにしても手だけでなく、膣内もこんなに快いなんて。まさに男のためにあるようなボディではないか。

彼女の夫も、きっと夢中になって求めたに違いない。どうして亡くなったのか聞いていないが、荒淫の挙げ句の腹上死ではないか。などと、いささか失礼なことを考える。

挿入したまま、内部の感触をじっくり堪能していると、小雪が焦れったげに身を揺すった。

「ね、ねえ」

動いてほしいのだとわかり、充義は遠慮がちに抜き挿しを開始した。

ぬちゅ――ちゅぷ。

たっぷりと蜜をこぼしていた蜜穴が、卑猥な音をこぼす。

「あっ、あふ」

艶っぽい喘ぎ声がすぐ近くから聞こえた。

抽送することで、快感がさらに大きくなる。内部の蕩ける感じはそのままに、強ばりをしっかりと包み込んでくれるのだ。

「小雪さん、中も気持ちいいです」

感動を込めて告げると、「いやぁ」と恥じらった声が返される。意識的になのか、肉根をキュッキュッと締めつけた。

そんなことをされれば、腰づかいにも熱が入るというもの。充義は鼻息を荒くしながら、女体を責め苛んだ。

「ふん、ふんッ」

退かせた分身を、勢いよく中へ戻す。引くときは柔ヒダがくびれをはじき、入るときは奥までずぶずぶと潜っていく感じがたまらない。

「あっ、あっ、あっ」

ピストンに合わせて、彼女も声をはずませた。顔にふわっと、かぐわしい吐息が吹きかけられる。

(気持ちよすぎる——)

これが二回目の正常位であるが、辰美のときとは挿入する角度が微妙に異なっていた。からだの肉づきが同じではないし、小雪は脚を牡腰に絡みつけず、蒲団に投げ出していた。

ただ、闇の中で行為に励むのは、妙に昂奮する。見えないことで他の感覚が研ぎ澄まされたのか、快感も大きいようであった。

そのため、急角度で上昇する。

「ああ、ま、また」

小雪が極まった声をあげる。頂上が迫っているのだ。

「小雪さん、おれも――」

充義も引き込まれ、爆発しそうになった。

「いいわ、いっしょに」

「え、でも」

「中にちょうだい」

口早に言って、彼女がしがみついてくる。

「い、イク、イッちゃう」

裸身をワナワナと震わせ、歓喜の頂上へ昇りつめた。

「むううう」

充義もオルガスムスを迎え、女芯の中でペニスを脈打たせた。目のくらむ愉悦にひたり、牡汁をドクドクと放つ。

「ふはぁ……」

高潮が引く。気怠くも心地よい余韻に包まれ、充義は大きく息をついた。

暗闇の中、ふたりは互いの息づかいを耳にしながら、いつしか深い眠りに落ちていった。

4

充義が「まぁまぁ屋」で昭子に会ったのは、翌々週のことであった。

「あら、戸渡さん」

にこやかに迎えられ、充義は「こんばんは」と頭を下げた。

今夜はいつもより早い時刻で、子供連れの夫婦であろう三人がカウンターにいた。昭子はお客が帰ったあとと思われるテーブルを拭いており、「こちらへどうぞ」と勧められる。

ひとりということもあり、いつもカウンターばかりだったから、テーブル席は初めてだ。妙に新鮮で、気持ちが浮き立つようであった。

「おビール、飲まれますか?」

問いかけに、充義は「いえ、けっこうです」と断った。

「また眠ってしまったら、ご迷惑をおかけしますから」

自虐的な受け答えに、昭子が「まあ」と目を細める。それから、

「わたしは全然かまわないんですよ」

と、意味ありげな微笑を浮かべた。

(やっぱり、何か勘づいてるのかな……)

充義は平静を装いつつ、心臓を不穏に高鳴らせた。

あの翌朝、目を覚ますと、蒲団の中に小雪の姿はなかった。充義は素っ裸のままであったが、淫行の痕跡も股間に見当たらない。おそらく、先に起きた彼女が拭き清めたのであろう。

起きてから、高梨家で朝食をご馳走になる。その席で昭子から小雪を紹介されたとき、ふたりは初対面であるフリを装った。冷静に振る舞っていたし、特に怪しまれるようなことはなかったはずだ。

とは言え、ひとつ屋根の下で関係を持ったのである。

小雪はあられもない声をあげていたし、それを聞かれた恐れがある。また、聞こえずとも気配で察したかもしれない。

何しろ、昭子は人生の先輩だ。朝食のときに、ふたりのあいだに何かあったと見抜いたとも考えられる。

よって、二週間ぶりとは言え、顔を合わせるのは気まずかったのである。

「ええと、今日のメニューは――」

ホワイトボードを見て、充義は（おや？）と思った。

今夜の主菜は、牛肉ときのこのオイスター炒めだ。あとはあんかけ焼きそばに卵スープと、中華風でまとめられていたのである。寄せ集めだったこのあいだのメニューとは、趣を異にしている。

「中華が得意なんですか？」

訊ねると、老婦人は「いいえ」と笑った。

「料理を担当したのは、あの日だけです。やっぱり子供向けのものは作れないので、こうして給仕のお手伝いだけをすることにしたんです」

「そうなんですか」

「でも、煮物や佃煮は作ったものを持ってきて、お好きな方にサービスしていますわ」

無理をしないで、自分ができる範囲で手伝うことにしたのか。それが賢明かもしれない。

では、今日は誰が担当しているのか。首をのばして厨房を確認した充義は、目を疑った。

そこにいたのは、小雪だったのである。

昭子が紹介して、ここで働くことにしたのだろうか。

(え、どうして?)

「戸渡さんのおかげなのかしら」

昭子の言葉に、充義はドキッとした。

「お、おかげって?」

「戸渡さんが家に来てくださってから、小雪は前よりも明るくなったみたいなんですよ。家事しかしていなかったのに、外で働きたいとも言い出して。それならここがいいんじゃないかと思って紹介したんです」

「いや、あの、おれはべつに何もしてませんから——」

言い訳をして、かえってまずかったかなと充義は口をつぐんだ。何もしていないなんて、まるで何かしたのを隠しているみたいではないか。

ただ、小雪が積極的になったのはいいことである。悲しみや寂しさが、いくらかでも吹っ切れたのだろう。

(だったらよかったな……)

彼女の幸せを願わずにいられない。一夜を共にしたからというわけではなく、本当に素敵な女性なのだから。

もちろん、できることなら、自分が幸せにしてあげたいけれど。

(ま、でも、無理だよな)

安月給のしがない勤め人に、何ができるというのか。仮に一緒になれたとしても、苦労をかけるばかりであろう。

己の情けなさに落ち込みかけたとき、

「あ、そうそう」

と、昭子が声をはずませた。

「小雪が養女になってくれるんです」

「え?」

「今まではあくまでも息子の嫁でしたから、いつでも出て行けたんです。でも、わたしの娘になって、ずっといっしょに暮らすと言ってくれました」

「そうなんですか。よかったですね」

「ええ。ですから、あとは婿をもらって跡継ぎを産んでもらえれば、わたしも本当に安心できます」

婦人が不意に、悪戯っぽく目を細めた。

「戸渡さんは、婿養子でもだいじょうぶなんですよね？」

充義が絶句したところで、カウンターのお客が席を立つ。

「ごちそうさまでした。お会計お願いします」

「はぁい。ただ今」

レジへ向かう割烹着の後ろ姿を、充義はぼんやりと眺めた。

（……婿養子って）

それはつまり、小雪との結婚を望んでいるというのか。

（やっぱり、あの晩のおれたちのアレを、知ってるんじゃないか？）

でなければ、初めて会ってから日が浅いのに、そこまで気を許すはずがない。

もしかしたら、あわよくばそういう関係になることを望んで、充義を家に連れ帰ったのか。初対面の男の、何を気に入ったのかはわからないけれど。

（結婚してくれれば、誰でもいいってわけじゃないんだよな）

小雪が言ったように、亡くなった息子と印象が似ていたから、彼女に引き合わせたのかもしれない。ただ、いくら昭子が再婚を望んでも、小雪にその気がなかったら無理である。

（小雪さんは、おれのことをどう思っているんだろう）

あの晩、肉体だけでなく、心もしっかりと結ばれた気がした。おそらく、憎からず思ってくれているのだろう。

ならば、あとはこちらからアプローチをするだけだ。

定食のお盆を手に、エプロン姿の小雪が厨房から出てくる。関係を結んだ男を見て、はにかんだ微笑を浮かべた。

（よし——）

充義は決心した。これまでの人生で、一度もできなかったことをするのだと。

「お待ちどおさま」

テーブルにお盆が置かれる。しかし、美味しそうな食事よりも、今はもっと魅力的なものが目の前にあった。

「あの、小雪さん」

緊張で胸が張り裂けそうだったが、思い切って声をかける。

「はい、何ですか？」

「あの……今度ふたりだけで会っていただけませんか？　おれ、小雪さんと正式にお付き合いがしたいんです」

一世一代の告白に、美貌が一瞬強ばる。

（え、駄目なのか？）

絶望が押し寄せようとしたそのとき、彼女が恥じらって白い歯をこぼした。

「はい……喜んで」

「ほ、本当ですか？　うわあ、やったぁ！」

思わず声を張り上げた充義を、レジの親子連れが仰天して振り返った。

＊この作品は、書き下ろしです。また、文中に登場する団体、個人、行為などは実在のものとはいっさい関係ありません。

二見文庫

人妻食堂《ひとづましょくどう》　おかわりどうぞ

著者　橘《たちばな》　真児《しんじ》

発行所　株式会社　二見書房
東京都千代田区神田三崎町2-18-11
電話　03(3515)2311［営業］
03(3515)2313［編集］
振替　00170-4-2639

印刷　株式会社　堀内印刷所
製本　株式会社　村上製本所

落丁・乱丁本はお取り替えいたします。
定価は、カバーに表示してあります。
©S.Tachibana 2020, Printed in Japan.
ISBN978-4-576-20081-1
https://www.futami.co.jp/

二見文庫の既刊本

隣のお姉さんと

TACHIBANA,Shinji
橘 真児

優香里は、隣家の恭子から、出張で不在の間、息子の康文の面倒を見て欲しいと頼まれる。彼が中学生だった頃からよく知っていたので快諾した彼女。ある晩、合鍵で入ると、康文は制服姿のままソファーで寝ていた。股間が隆起しており、さすり続けると——年頃の高校生と処女の大学院生の不思議な同居が始まった……。書下し青春官能エンタメ！

二見文庫の既刊本

女生徒たちと先生と

TACHIBANA,Shinji
橘 真児

地方に住む女子生徒四人組は性的な興味あふれる年頃。ある日、その一人が発した言葉によって、誰ともなく互いの身体検査をしたり、一人は絶頂まで体験してしまった。さらに担任の男性教師を軽い罠にかけることに。彼を四人の「男性の肉体研究」の材料としてさまざまにいたずらし、好奇心を満たしていくがそれでも治まらず……。甘酸っぱい青春官能エンタメの傑作！

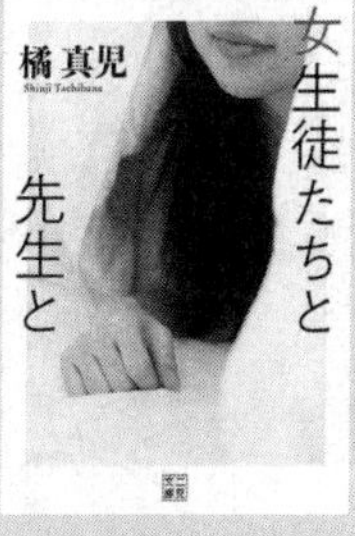

二見文庫の既刊本

人妻たちと教師

TACHIBANA,Shinji
橘 真児

高校教師の範行は、セクハラ疑惑の教師として、自宅謹慎の身であった。箝口令がしかれて公にならなかったが、誰が何のためにやったのかがわからない。悶々としている彼のところに前年担任した生徒の母親や、教え子の若妻配達業者、お隣の人妻が訪ねてきては、身をもって慰めてくれる。女性たちの献身で犯人もわかってくるのだが……。書下し官能エンタメ！

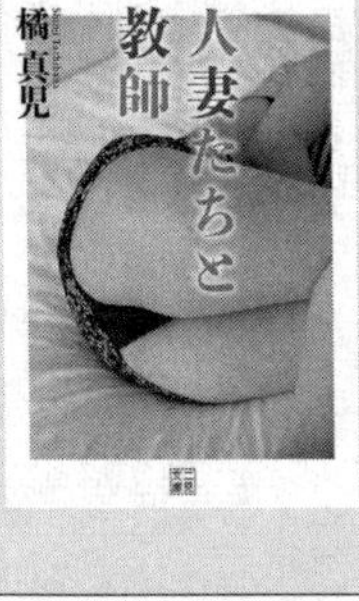

二見文庫の既刊本

あの日抱いた人妻の名前を僕達はまだ…

TACHIBANA,Shinji
橘 真児

30歳を前に久々に会った同級生三人組が、高校時代の思い出話を始めた。仁志が、実は、高三で初体験をしたことを告白すると、彰も「実は俺も……」と。三人が同じ時期に同じように初体験をしていたことに驚く彼ら。さらに、各々の相手の特徴がどこか似通っている。そのことに気づいた彼らは、その「人妻」を探しはじめるが、驚きの結末が。書下し官能エンタメ！

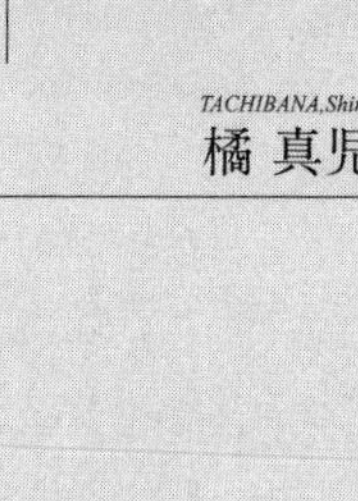

二見文庫の既刊本

人妻の筆下ろし教室

TACHIBANA,Shinji

橘 真児

35歳の早紀江は国語教師を辞め、小さな習字教室を開くことにした。そこに隣人が「弟の性の相談を聞いてやって」と頼んでくる。しかし、話を聞くだけのはずが体を使って答えることになってしまった。さらに、別の大学生には習字を教えているうちについ下半身に目が行き、いつの間にか元気な「筆」を下ろしてやることに……。書下し官能エンタメ！